속도를 가진 것들은 슬프다

속도를 가진 것들은 슬프다

어제와 오늘,
그리고
꽤 괜찮을 것 같은
내일

오성은
사진
에세이

odos

prologue

속도를 가진 것들은 과연 슬픈가.

세상에는 속도를 가지지 않은 것이 없기에 책의 제목으로 삼은 문장은 모호할 수 있다. 우리는 속도 속에 살고 있다. 지구의 속도와, 계절의 속도와, 노화의 속도 속에서. 사실 모든 것이 슬프다. 중요한 건 속도를 체감하는 사적인 슬픔이다. 이를테면 어머니의 흰머리가 하루하루 늘어가는 게 보일 때, 주름이, 통증이, 힘없음이 빠르게 진행된다는 걸 알아차릴 때 나는 슬픔을 감당하기 힘들다. 속도를 가진 것들은 과연 슬프다. 속도가 당신을 자꾸만 앞으로 밀어붙이기 때문이다.

그렇다면 멈출 수는 없는가, 반대 방향으로 되돌릴 수는 없는가. 앞으로 가야 하는 운명이라 해도 잠시 과거로, 이전으로 되돌아갈 수는 없는가. 나는 사진이 그것을 해낸다고 믿고 있다. 소설과 음악과 영화가, 내가 공부하고 즐기고 사랑하는 모든 창조 행위가 어쩌면 속도에 대항하기 위한 작은 노력, 애씀이라고 믿고 있다.

나는 이 책을 통해 세상의 속도를 조금 늦추어보려 한다. 카메라를 들고, 뷰파인더 너머로 사물의 속도를 붙잡으려 한다. 세상에는 슬픈 것이 가득하다. 그러나 속도를 멈춘 모든 것은 슬프면서 또한 아름답다.

그러므로 제목으로 삼은 모호한 슬픔 뒤에 각주처럼 달린 일상의 문장들을 반갑게 맞이해주시면 좋겠다. 우리의 일상이 일상으로 이어지는 순간의 웅숭깊음을 사람을 가까이하기 힘든 이 시기에 사진과 문장으로 매만지려 해보았다.

나는 본래 슬픔을 잘 견디지 못하는 사람이다. 그러므로 더더욱 슬픔을 들여다봐야 한다는 걸 깨닫는 중이다. 그대의 슬픔도 잘 씻길 수 있도록 속도를 잠시 버려둔 채 오래 들여다보길 바라는 마음이다.

contents

prologue   004

1

어제와 오늘, 그리고

우리는 나란히 앉아   011
살며시 두고 온 일상   027
어느 날 문득 빗방울 소리가 들린다면   041
미소가 먼저 도착하면 좋겠어   055
마법을 믿는 당신에게   071
그러다 문득 다시 밤이에요   087
너를 다 보내지 못했으므로   101
아직 소리 내어 읽어줄 당신을 기다리며   115
얼마나 오랫동안 그 자리에 앉아   129
닳아 없어진다 해도   143

2

꽤 괜찮을 것 같은 내일

고양이 로쟈 님의 발을 밟다　　　　　　159

모두의 시장이었어　　　　　　163

윤슬이 유난히 찬란한 이곳은 흰여울이다　167

새해에도 계속 음악을 들읍시다　　　171

당신이 아직 그곳에 있기를　　　175

감만창의문화촌 7호실에서　　　179

가끔 당신이 그리워 웁니다　　　183

시네마테크를 돌아보는 슬픔　　　189

어느 밤이 노래가 된다면　　　193

책도 음악을 듣는다고　　　197

당신의 알림　　　203

당신이 조금 덜 외롭고 그러하기를　　207

epilogue　　　　　　214

1

어제와 오늘, 그리고

우리는 나란히 앉아

우리는 나란히 앉아 밤을 봅니다.

이 밤에는 어제와 오늘이,

그리고 오지 않아도 꽤 괜찮을 것 같은 내일이 스미어 있습니다.

당신은 곁에 있고요, 내 손은 조금도 차지 않아요.

삶의 한 시기를 통과하니 이제 나의 친구는 다른 무엇도 아닌 일상이라는 걸 알게 됩니다. 일상을 껴안고 조르고 비틀고 사랑하는 일은 삶을, 아니 죽음을 대하는 일과 다르지 않다는 걸 어렴풋이 짐작합니다. 일상의 열린 틈으로, 또 다른 일상을 발견합니다.

간혹 학생들에게 이런 물음을 던진다.

빨간색과 노란색 사이의 색이 무엇인지.

단번에 주황이라고 말하는 한 학생 앞에서 난 빙그레 웃는다.

그렇다면 1과 3 사이는요. 미와 파 사이는, 상과 하 사이는,

사이와 사이 사이는……

이런 물음은 어떤가.

어제와 내일 사이는, 해와 달 사이는, 바다와 강물 사이는,

당신과 나 사이는,

사이와 사이 사이는……

어느 늦은 오후 나는 저물어가는 해를 바라보며 긴 숨을 들이마신다.

이 숨과 다음 숨 사이에는 무엇이 있을까.

모든 순간에 모든 사랑과 모든 당신이.

모든 것이 사이에.

고양이가 내게 말 걸어올 때 있다.

'절반의 희망과 절반의 사랑.'

나는 이렇게 묻는다.

'그게 삶인가요?'

고양이가 묘한 표정으로 말한다.

'절반의 너와 절반의 나.'

'그게 세상인가요?'

고양이는 무뚝뚝하게 나를 바라본다.

나는 계단을 올라가는 중일까, 내려가는 중일까.

바람은 북쪽에서 불어오나, 남쪽에서 불어오나.

해는 서쪽을 향하는가, 동쪽으로 돌아 나오나.

기울어진 것이 한참 슬프다.

이울어질 것 같아서.

'가까스로'는 극적으로 기울어진 단어다.

나는 가까스로 계단 난간을 붙잡고 서 있다.

가까스로 창작한다는 건 얼마나 보잘것없고 위대한 일인가.

세상의 모양은 무엇일까.

마음의 모양은, 눈물의 모양은, 속죄의 모양은, 기쁨의 모양은.

어느 한적한 길을 걸으며 삶의 모양을 상상한다.

ㅅ과 ㅏ 그리고 ㄹ과 ㅁ.

이 다채로운 단어를 재조합하여

솜과 숨과 솔과 술을 만들어본다.

살과 설과 삼과 섬도.

그러다 사람이라 쓰고 싶은데

ㅏ 하나가 부족하다.

삶은 누구에게라도 하나를 더 빌려 써야 사람이 되는 운명이다.

사람은 모자란 이에게 하나를 나누어야 삶이 되는 운명이다.

모든 계단에는 조금 난해하면서도 선명한 아이러니가 있다.

사각형과 삼각형과 직선과 평행선의 세계가.

계단에는 동그라미가 없는 듯 보이기도 한다.

그러나 그것은 잘 감추어져 있다.

어제 올랐던 계단을 내려가려 할 때, 내려간 계단을 다시 올라가려 할 때,

세상은 투명하게 동그래진다.

태어남은 태어남으로, 삶은 삶으로.

오늘은 계란보다 계단이 더 동그랗게 보인다.

오후에는 커피보다 차에 손이 간다.

찻잎이 우려지는 걸 보는 게 좋다.

차는 향보다 맛보다 느림으로 마시는 듯하다.

느림이라는 속도는 나를 진정시킨다.

그럴 때는 꼭 막 달인 보약을 마시는 기분이다.

느리게 느리게 후후 불기도 하면서.

나는 꿈 많은 아이였다.

선생님이 되고 싶다가도. 가수가. 아니 요리사가 되고 싶었다.

독서실에 앉아 막힌 벽을 보며 별을 그리기도 했다.

사람이 죽어 별이 된다는 말은 얼마간 진실이었고,

그래서 믿고 싶지 않았다.

모든 별에는 이름이 있었다.

가끔은 이름 지우기 연습을 했다.

슬픔을 보듬는 일은 잘되지 않았다.

지금도 그렇다.

꿈 많던 그 아이는 지금의 나를 본다면 어떤 표정을 지을까.

끝끝내 나는 내가 될 수 있을까.

바람은 사방에서 불어오고 나는 구석을 바라본다.

꿈이 꿈으로 이어지듯 아이와 나도 꿈처럼 이어져 있다.

올라가는 계단과 내려가는 계단에는

각기 다른 보폭과 깊이의 단계가 있다.

시간의 계단도, 사랑의 계단도, 이별의 계단도 마찬가지다.

오늘의 나는 어디로 가야 할지 몰라 서성이지만,

계단은 나를 보채지 않는다.

모든 건 내가 마음먹기에 따라 움직이는 것.

하지만 아무래도 어디로 가야 할지 잘 모르겠다.

그러니 누군가 내게 이런 방식으로 말해준다면 참 고마울 것 같다.

계단의 단계란 없다고.

거기에는 올라도 좋을, 내려가도 괜찮을 계단이 있을 뿐이고,

계단은 계단일 뿐이라고.

살며시 두고 온 일상

제임스 조이스의 명작『율리시스』위에서 잠을 자던 고양이가 있었다.

나도 곧잘 그랬다.

녀석의 이름은 율리.

나는 가끔 윤리라는 말을 들으면 짧은 기간 함께 지냈던 율리를 떠올린다.

율리는 왜 윤리가 아닌 율리여야만 했는가.

이름에서 우주를 발견하는 건 빛나는 순간이다.

햇살은 왼쪽에서 들어오고 당신은 어디에서 들어오나요.

가벼운 허밍이 들려오고 실은 제가 내는 소리랍니다.

아래층에 있는 것 같아 곧 이리 올 것 같아.

그냥 내는 소리가 아니라 그냥 나는 소리랍니다.

나는 소리랍니다.

일상을 찾겠다며 무작정 거리를 떠돈 건 조금 바보 같은 일이었다.

무언가를 찾아 나선다는 건 여행에 가깝지,

일상은 그 반대에 닿아 있기 때문이다.

그렇다면 일상을 잃어버리기 위해 거리를 떠돈다는 건 어떤가.

나의 일상을 내가 잘 모르는 거리에 슬며시 놓아두고 오는 것이다.

사랑은 시작이나 끝이 아니라고 말해주길 바란다.

그것은 하나의 약속이다.

결실을 바라는 것이 아닌, 죽음까지 함께 바라봐주겠다는 약속이다.

두 사람이 하나가 되겠다는 불가능한 시도를 돌봐주는 애씀이다.

노력이다.

실패마저 이해되는 다정한 마음이다.

좋았던 마음

좋았던 그대

점점 차오른다

입술을 동그랗게 말아서 뽀뽀하듯이, 우.

통닭을 튀겨 온 아빠 앞에서 재롱떨던 어린 그날처럼, 아.

우아하게 살아갑시다.

'쉬는 시간 개론' 같은 정규 교과목이 생기면 좋을 텐데요.

'노는 시간'이나 '운동 시간'과는 구별된 진짜 '쉼의 시간'을 위한 학문 말예요.

비밀을 하나 알려줄게요.

고양이는 절대 당신을 쳐다보지 않아요.

당신의 눈에 비친 한 고양이를 쳐다보고 있을 뿐이에요.

할퀼까? 그런 생각을 하는 건, 당신이 자꾸 눈을 깜박이기 때문이에요.

그런데 사실 고양이가 함부로 할퀼 리가 없잖아요.

아무리 당신이 미운 짓을 한대도 이렇게 넉넉한 마음으로는.

2014년 시월 무렵 라디오 프로그램 '시시(詩詩)한 남자 오성은입니다'라는 코너를 그만뒀다. 한 편의 시를 읽고, 공감 문자를 받고, 청취자의 생각을 읽어주고, 상품을 주고, 다시 시를 읽어주고, 시와 어울리는 음악을 선곡하는 일. 나는 시시한 남자로 얼마간 살아왔다. on air라는 시뻘건 불이 꺼질 때면, 미디어와 나와 대중이 그제야 분리됐다. "성은 씨, 오늘 시 좋았어요. 다음 주에도 재밌는 시 부탁해요." 담당 작가의 말이 들려온다. 어느 순간부터는 미디어에 유리한 시를 골라내는 근육이 생겨났다. 하지만 방송이 끝날 무렵 숨이 차고 불안할 때가 더 많았다. 유연하지 못했던 탓이다. 내가 나누고 싶은 시심의 세계는 on air로 열릴 수 없는 서로 다른 세계 같았다. 그것이 내가 시시한 남자이길 그만둔 이유이다. 시란 모름지기 재밌는 것이 분명하나, 그것은 불편함이나 불가능함 속에서 나오는 재미에 가깝다고 생각했다. 라디오를 그만둔 후 한국을 떠나 오랜 기간 방황했다. 단순히 라디오 때문인 건 아니지만, 어쩌면 모든 건 라디오 때문이라고, 아니 시 때문이라고 생각하는 날이 많았다.

2021년의 나는 다시 방송을 하고 있고, 어느 날에는 시를 읽기도 했다가, 어느 날에는 영화를 소개하고, 또 어느 날에는 헤헤 웃기만 한다. 나를 비우고 세계에 손을 뻗는 일. 그건 시가 할 수 있는 위대한 일이라는 믿음이 생겼기 때문이다. 나는 진짜 시시한 남자가 되어가고 있다.

오래된 일기장을 열어보지 않는 건,

되돌아갈 수 없음을 알기 때문이 아닐까.

그런데도 간혹 열어보는 건, 되돌아가고 싶기 때문이 아닐까.

몇 번의 계절을 보내는 동안 보고 싶은 사람들을 이제는 볼 수 없음을 깨

달았다. 큰 슬픔이 밀려왔다

어느날 문득 빗방울 소리가 들린다면

여백이 많은 사람이 되고 싶다고 여러 날 다짐했다.

실상은 뭔가 조급해선 하루하루 채워 넣고 욱여넣고 쑤셔 넣는 중이다.

소화가 잘 안 되어 헝클어지는 날 많은 건 성격 탓.

차차 비울 준비도 해야 한다는 걸 알지만 쉽게 되지 않는 것 같다.

어느 날 문득 빗방울 소리가 들린다면
나는 주저하지 않고 하는 일을 멈출 것이다.
갑작스러운 빗소리보다 리드미컬한 건 없고,
내 몸은 창가로 기울어져 있을 테지.
기울인다는 건 리듬을 타는 최소한의 몸짓이다.

나이 먹어가는 걸 가볍게 생각해왔다. 아니, 나이에 대한 생각이라는 걸 잘 하지 않았다. 살아간다는 걸 진지하게 고민해보지 않았던 탓이기도 하다. 나는 조그마한 입술로 숨을 들이마셔본다. 이제는 뱉을 차례인데, 문득 삶이라는 단어가 목에 걸린다. 살아간다는 건, 죽어간다는 말. 낮이 밤으로 이어질 때, 내가 나로 이어질 때, 나는 또 한 번 살고 다시 죽는 다. 생각이 필요할 때다.

어머니와 아버지를 모시고 라스팔마스를 여행하고 싶다.

언젠가는 그럴 수 있을 것이다.

어릴 적 뛰어놀던 바다는 언제나 햇살을 머금고 있었다.

나는 발그레한 얼굴로 물을 첨벙대며 한 시절을 보냈다.

다시 찾은 바다는 여전히 찬란한 윤슬을 내보이고 있었다.

나는 손끝으로 과거를 더듬어보았지만 잘 잡히지 않았다.

바다는 말이 없었고, 나도 별말 건넬 수 없었다.

잘 지내.

아니, 이건 너무 해묵은 표현 같았다.

잘 있어.

이건 뭔가 가벼웠다.

어쩌면 문제는 '잘'인지도 모른다.

있어.

잘 있으려 너무 애쓰지 말고 그냥 그렇게

있어.

배는 주기적으로 선체를 들어 올려 하부를 관리해야 한다. 바닷물에 녹이 슬거나 따개비가 달라붙어 부식될 수 있기 때문이다. 자동차나 하물며 구두 한쪽도 마찬가지다. 사실 그렇지 않은 게 없을 정도다. 순항하려면 가끔은 밑을 살펴야 할 일이다.

바다처럼 살자, 흐르는 물이 되자.

난 뭐든 잘 버리지 못한다.

오래된 옷, 책, 볼펜이나, 수첩도.

어느 날에는 내가 버림받을 수도 있다고 느끼는데, 그래서인지도 모른다.

간직하고 싶지만, 자꾸 잃어버리게 되는 것도 있다.

그런 게 더 많아지는 날에는 마음의 모서리가 닳아버린 기분이다.

이 삼각 바위는 내가 뛰어놀던 방파제의 미끄럼틀이었다.

바다는 당장에 차오를 것처럼 첨벙댔고, 바람은 사방에서 불어왔다.

발을 헛디뎌 목숨을 잃는 사람도 더러 있었다.

아이들도 그걸 모르지 않았다.

해가 기울면 엉덩이를 털고 방파제에서 내려왔다.

죽음이 발밑에 있는데도 왜들 그리 맹랑했던가.

농담이라는 것이 대화에 있어서 불필요하다고 여겨질 때가 있지만,
삶이 되는 순간도 있다.
농담은 결코 사라지지 않을 것이다.

경찰서의 반대말은 무엇인가요.
경찰앉아는 아니겠죠.

바이올린의 반대말은 무엇인가요.
설마, 바이내린은 아니겠죠.
아니요. 헬로올린이죠.
올린이 누구죠?

큰일이다.
이런 농담으로 농담을 말하다니.
그런데 농담을 농담이라 소리 내는 것만으로도 꽤 즐거운걸요.

미소가 먼저 도착하면 좋겠어

소리 내어 읽을 때 빛나는 시가 있습니다.

소설과 희곡도 마찬가지죠.

사진은 소리를 품을 수 없다고 생각해왔어요.

하지만 그건 완벽히 틀린 생각입니다.

사진을 보면서 가만히 귀 기울여보시기를.

눈꺼풀이 깜박이는 소리, 창문 밖으로 차 지나가는 소리, 여린 콧바람의,

전류가 흐르는, 지구가 도는, 반달이 빛을 머금는 소리가 들리시나요.

사진과 나 사이에 세상의 소리가 들려오고 있는 것이죠.

해 질 녘에 거리를 돌아다니면 어느 동네건 저무는 풍경에서 오는 아스
라함이 있다. 내게는 사람들 손에 들린 검은 비닐봉지가 그것이다.

삐죽삐죽 솟은 대파가 머리를 늘어뜨리고, 생선 비린내 은은하게 풍겨오
던 어머니의 장바구니가 그랬었다.

나와 동생은 호떡 냄새를 귀신같이 알아맞혔고, 어머니는 뜨거운 호떡을
손으로 북북 찢어줬다. 설탕물이 뚝뚝 떨어지면 단박에 입가에 침이 고
였고, 나는 입천장이 델 것도 모르고 덥석 물기 바빴다.

아스라함이란 제법 뜨거운 단어다.

사랑에 빠진 사람이 주저리는 모든 게 노래, 긁적이는 모든 게 시
보이는 모든 게 너.

어릴 적 내 꿈은 탐정이 되는 것이었어.

중학교 때 꿈은 명탐정이 되는 것이었고,

고등학교 때는 명탐정이 등장하는 소설을 쓰는 것이었지.

모든 것은 셜록 홈스로부터 시작된 듯한데.

그럴 수도 있고, 아닐 수도 있어.

다만 내게 온 거지.

서로의 밤길을 보살필 수 없이
불안한 우리는 도망칠 곳 없이
외로운 도시의 어두운 밤길을
둘이서

세상 앞에선 아무것도 아닌 사람이지만,

그대 앞에 난 바람이 될게요. 비가 될게요. 나무가 될게요. 그늘이 될게요, 그대가 될 거예요.

사람의 식습관은 대부분 비슷하겠지만,

한편으론 자신만의 독특한 식사법이 있기 마련이다.

밥을 먹기 전에 물을 한잔 마신다거나,

다 먹은 후에는 꼭 디저트를 먹는다거나.

이건 어떤가. 울음의 습관을, 울음법을 만들어보는 것.

울기 전에 물을 한잔 마신다거나,

울어버린 후에는 꼭 디저트를 먹는다거나.

누구라도 내게 그걸 보내주면 좋겠다.

파도 소리 가득한 소라 껍데기나, 히말라야 만년설.

봄나물에 비벼 먹을 할머니의 고추장이나,

아프리카 어느 부족민이 평생 허리춤에 차고 다니던 이름 모를 악기를.

사회적 거리 두기로 인해 미루고 미뤘던
지인들과의 만남이 오늘에야 성사된다.

잠시 후면 난 우산을 펼쳐 들고
그들을 만나러 갈 것이다.

무엇을 함께 먹으면 좋을지 생각하다,
지난번에 무엇을 먹었지, 도통 기억나지 않는다.

그만큼 오래된 탓도 있고, 만나서 웃고 떠들다 보면
제아무리 근사한 음식이라도 뒷전이 되기 때문이다.

곧 만나게 될 텐데도 그 미소들이 그립다.
내 미소가 먼저 도착하면 좋겠다.

고등학교 1학년 때 담임선생님은 칠판에 '배려'라고 썼다. 첫 만남의 첫 인사였으니 제법 강렬한 기억이다. 선생님 입장에서도 부임한 첫 학교의 첫 학생들이었다. 배려란 베푸는 이에게도 받는 이에게도 소중한 감정이라는 걸 알 만한 나이였다. 하지만 그 단어는 쉽사리 몸에 배지 않았다. 살다 보니 타인에게 배려를 받지 못해 마음 상할 때가 있었고, 비슷한 상황이 오면 나도 굳이 이렇게까지 해야 하나 싶은 순간과 마주해야 했다. 그런 날에는 어김없이 칠판에 흰 분필로 적힌 '배려'라는 글자가 떠올랐다. 어쩌면 선생님은 배려의 가능과 불가능 사이에서 오는 고심과 상념을 전해주고자 한 건지도 모른다. 그건 살아가며 배워야 할 중요한 감정이기도 하니까. 열일곱의 나는 어땠는가. 어떠한 기대로 세상을 바라보았는가. 지금의 나는 어떠한가.

마법을 믿는 당신에게

안 취했어

거짓말

취했어

거짓말

한 번도 너를 잊은 적 없었다

거짓말

한 번도 너를 잊지 않은 적 없었다

아직 마법을 믿는 당신,

의도치 않은 순간 제대로 된 마법이 나올 때가 있어요.

일상에 휘둘리지 말고, 자신을 위한 주문을 외워보아요.

한때 초등학교 방과 후 기타(Guitar) 교실 선생님을 맡았던 나는 아이들에게 자주 휘말려 곤잘 과자 파티를 열었다. 과자 파티란 말 그대로 책상을 교실 뒤로 밀어놓고, 빙 둘러앉아 과자와 음료를 먹는 시간이다. 그때 6학년 남학생이 탄산음료 한 컵을 단번에 들이켜더니 캬, 하는 짧은 감탄과 함께 손등으로 입을 훔치는 것을 본 적이 있다. 가관인 것은 컵을 뒤집어 머리 위로 흔들며 으스대는 게 아닌가. 그걸 본 다른 학생들은 까르르 웃더니, 이내 그 동작을 따라 하기 시작했다.

그 장면이 제법 강렬해 어느 때는 불쑥 선명해진다. 나는 조금 더 바보같이 웃는 연습을 해야겠다. 누구에게라도 그 웃음이 전달되도록.

어두컴컴한 심연에서 온 것 같은 정체불명의 생명체가 나를 보고 있다.
혹등고래의 눈 같기도 하고, 우리 은하의 비밀스러운 물질 같기도 하다.
어쩌면 아스팔트를 증류했던 석유의 기원이 나를 난처하게 만드는 건지
도 모른다. 억겁의 세월 후 내 육신은 아스팔트가 되어 있을지, 비가 되
어 있을지, 무엇을 그리 보고 있을지.

나의 행복과 너의 미움은 달랐고
나의 사랑과 너의 걱정은 달랐고
나의 증오와 너의 기쁨은 달랐고
나의 불안과 너의 슬픔은 달랐다

다름이 다름으로 이어지는 물결의 출렁임에는 포말이 일었고,
이내 사라진다 해도 그것이 아름다움일 수 있겠다는 몽상적인 생각을 여
러 날 했었다.

다름이란 같지 않음이 아니라, 같을 수 없음을 인정하는 말이라는 걸
늦게 안 후였다.

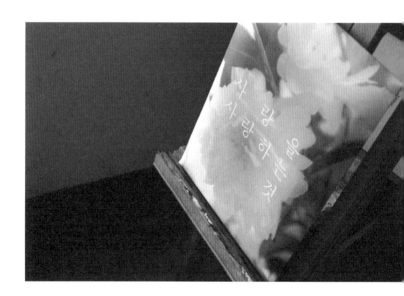

다른 사람의 통증을 느낄 수 있는 건 귀한 감정이다.
다른 사람의 통증을 대신 느끼고 싶은 건 숭고한 감정이다.
다른 사람의 통증이 내 것이 아니길 바라는 건 어떤 감정인가.

나는 뉴스 속에서 벌어지는 일들을 마주하며 여러 날 아팠고,
전혀 아프지 않은 날도 많았다.

통증이 인간의 숙명이라는 건 괴로운 일이다.
그래서 사랑이 존재하는 것일까.
사랑은 우리를 우리로 만들어주기도 하니까.

오래전 꿈결에 이런 가사를 쓴 적이 있다.

모두 어디로 가는 걸까. 나뭇잎의 흐름만큼이나.
끝이 없는 내 발걸음 보이지도 않는 너의 시작은 그 끝은.

무슨 의미인지 쉽게 알아차릴 수 없지만
여태 입에 붙어 가사를 고칠 수가 없다.
어쩌면 이렇게 남을 운명인가 보다.
꿈결처럼 영영.

대학생 때의 일이다.

'편지 쓰는 작가들의 모임'이라는 행사에 참여해

기타를 치며 노래를 부른 적 있다.

노래를 부르기에 앞서,

"저는 편지를 따로 준비하지 않아, 오래된 기타에게 이 노래를 바칩니다"

라고 말했다.

노래가 끝나자 그곳에 계셨던 문정희 시인은

"오래된 기타에게, 그게 바로 문학이지"

라고 말해주었다.

나는 그 말을 잊을 수가 없다.

책을 읽다가 멋진 문장을 만나면 입 안이 먼저 풍요롭다.

몸을 회복시키는 보양식도 좋지만,

마음을 회복시키는 문장도 있기 마련이다.

꼭꼭 씹어 소화시키는 날에는 몸이 불끈 달아오르기도 한다.

소설을 읽을 때면 기쁘고 행복할 때보다 아프고 부끄러울 때 더 많다.

세상에는 기쁘고 행복한 순간보다

아프고 부끄러운 순간이 더 많기 때문일까.

어쩌면 기쁘고 행복한 영혼보다

아프고 부끄러운 영혼이 더 많기 때문일 것이다.

그게 아니라면 아프고 부끄러워해야 언젠가 기쁘고 행복할 수 있다고 믿기 때문이다.

그러다 문득 다시 밤이에요

내가 어디에 있건,

그대 어디에 있건,

해 질 녘 노을을 보고

손끝으로 바람 느끼며 살아갈 것이다.

우리는 다시 만날 수 있을 것이다.

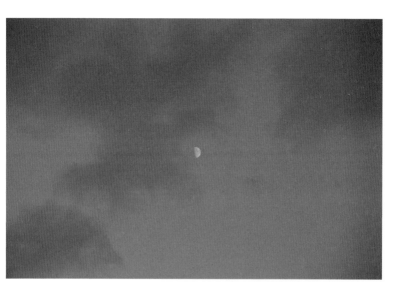

달은 누군가의 생채기처럼 살짝 찢긴 마음의 상처다.

그러다 달은 몽롱하게 둥글고, 이울고, 다시 기울어지고.

언제 생긴 건지도 모르게 희미해지고.

우리는 어두운 터널을 함께 걸으며 저 너머의 삶을 상상하곤 했다.

상상은 아무리 해도 돈이 들지 않았다.

우리는 어떤 사람이 되어야 한다는 문제보다.

어떤 사람이 되지 말아야 하는지 오래 이야기했다.

그러다 눈이 마주치면 누가 먼저랄 것도 없이 다정하게 웃기 시작했다.

다정함이란 웃음소리를 닮아가는 일.

울음마저 닮아가는 일.

한 시인은 사랑할 시간이 많지 않다고 썼다.

사랑할 시간이.

누군가에게 호명되는 글을 써야 한다
고, 생각했다
지금도 그때와 다르진 않다

어느 날 아침 그런 것은 모두 부질없다
고, 느낀다
그때도 지금과 다르진 않다

나는 외따로이 놓인 섬처럼 가만히 앉아
삶이라 써본다
삶은 왜 살음이라 쓰면 안 되는가

그러다 문득
다시 밤이다

병원 대기실에 앉아 있는데
휘파람 같은 리코더 소리 들려오는데

나는 카우보이도 아니고, 총도 없는데
어디에다 두고 온 건 아닐까 괜스레 가방을 뒤져보는데

멜로디가 서부극에서 들었던 것 같기도 하고
아, 저작권에 무지했던 시절 홀로 만든 단편영화에 사용했던 바로 그 음
악 같은데

나는 돌연 음악에 매료되어 그 시절로 들어가는데
부푼 꿈 안고, 대사 읊고, 연기하던 바로 그때로

오성은 씨, 들어오세요
간호사가 나를 부르는데

나는 서둘러 기억의 바깥으로 나오는데

청년 예술가 간담회에 참가한 적 있다.
나는 내가 청년인 줄 몰랐다.
청년이 아닌데도, 청년이라 쳐준 건지도 모르겠다.

소설을 쓴다는 건 허깨비를 상대하는 일이라는 생각이 곧잘 드는데,
헛손질하는 이가 나 혼자만은 아니구나, 싶었다.
청년을 만나는 건 때로 위안이 되는 일이다.

단조로운 일상 속에서 발견하는 생의 몽롱함과 낮은 읊조림,

상처의 흔적들,

비로소 길어 올린 희망과 환희를 탐구하고 싶습니다.

머릿속 이미지를 인화하는 장치가 나온다면
어떤 장면을 맨 먼저 출력하게 될까.
배움보다 비움이 중요해질 것이다.

내 슬픔을 결정할 권리가 그대에겐 없다.

나도 마찬가지다.

아직 너를 다 보내지 못했으므로

작은 물웅덩이에 기억 하나가 비친다.
손으로 만질 수 없고,
몰래 담아 갈 수도 없다.

다가가면 멀어지고
더 다가가니 내부가 드러나고 만다.

슬쩍 돌아서면 표정을 달리하고
어느새 불어온 바람에 일렁이기도 한다.

웅덩이를 바라보는 내 곁으로 한 사람이 다가와 묻는다.
뭐가 있나요.

나는 슬픈 얼굴을 한 채
아무것도요.
하고 말한다.

세계와 악수하는 손은 언제나 입체였다.

모든 상상은 입체고, 당신의 손도 마찬가지였다.

아버지가 라스팔마스에 계시던 때에 어머니에게 편지로 소식을 전했다
고 한다. 편지를 쓰고 읽는 건 와락, 두 세상이 하나로 포옹하는 일이기
도 하다.

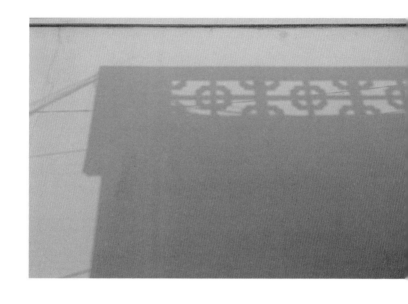

우리에게 추상이 필요한 이유는
더 단순하게 보여주기 때문이다

정돈된 솔직함이자
눈속임 같은 몽롱함이기도 한

오늘,
그대를 짓누르는 통증은 부디 추상이어라

어느 밤에는 새벽 라디오 DJ가 되고 싶다가도
어느 밤에는 푸드트럭 요리사가 되고 싶다.
어느 밤에는 소믈리에가 되고 싶은데
또 어느 밤에는 고양이 집사가 되고 싶다.

어느 밤은 자꾸 이어지지만
어느 밤은 어느 밤에서 이어진 건지 가늠할 수 없고
어느 밤에는 어른이 되고 싶다가도
어느 밤에는 아이가 되고 싶었다.

나는 온통 너를 잊기 위해 새벽을 쓴다.

그러다 문득 새소리 들려오고,
빛이 창틀에 스며들면,
아직 너를 다 보내지 못했으므로
다음 새벽을 기다린다.

가끔 깜박하고 살 때가 있습니다.

기억해야 합니다. 남김없이 사라진다는 것을.

나는 뭔가를 찾아 나서다 자주 길을 잃었다.

뭔가가 무엇인지 알지 못했기 때문이었다.

길은 길로 이어지고, 정류장은 한참 멀어져버렸다.

누구라도 내게 지름길을 알려주면 좋았겠지만,

이럴 때는 돌아 나오는 것보다 계속 가버리는 게 차라리 나았다.

하루하루 그렇게 살아가고 있는 것 같다.

당신과 내가 다른 시간과 공간 속에 살고 있음에도

함께 살고 있다는 착각을 불러일으키는 것.

그것이 환상이라면, 재즈는 환상일 테죠.

어느 골목 첫머리의 연한 오후가 되자
등굣길 아이들의 콧노래도 따라 부르고
출근길 직장인의 발걸음도 응원해주고
새들이 쉬다 가게 바람도 이리저리 통하게
넓지 않은 길 어귀에서 내리는 햇살 맞으며
연한 오후가 되어

소리 내어 읽어줄 당신을 기다리며

내 감정을 어떻게 당신이 느낄 수 있겠어요
비슷하게나마, 가까스로, 최대한, 끝 간 데까지.
아니 그건 오히려 오해를 불러들일 뿐이죠.

나는 말이에요. 무심결에 지하철 한 정거장을 지나치잖아요. 그러면 거기서 내려 약속 장소까지 걸어가요. 스스로 내리는 벌이에요. 무덥고 비 오는 날이라 해도 그렇게 해야지 분이 풀려요. 그러면 다음에는 정신을 똑바로 차리고 제 정거장에 내리게 된다니까요. 그런데 이게 말이죠. 자꾸요. 저에게 벌을 내리다 보니, 긴장하게 되는 겁니다. 벌받지 않으려고, 지하철에서는 다음 역이 어딘지 보고만 있게 되었어요. 그 또한 벌이 아닐까요.

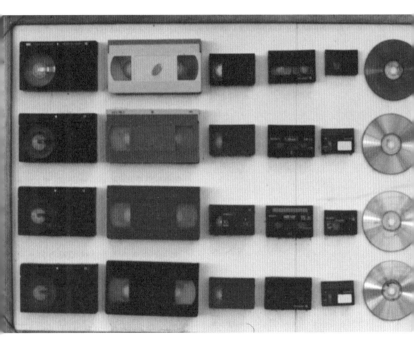

노래하는 김일두 님과 함께 작은 콘서트를 꾸린 적 있다.
겨울이었고, 무척 추웠다.
내가 팬이라고 말하자 머쓱하게 웃어주던 그때,
나는 이 사람의 노래를 오래 듣고 싶다는 생각을 했던 것 같다.
곧잘 그날의 기억을 떠올리며 노래를 재생한다.

이 세상 무엇이 중요하다 물어본다면 나는 감히 잘 알지 못하는 '사랑'
사랑이라 할 테야.

내가 처음 만난 가수였다.

활자들이 말 걸어올 때 있다.

우연히 마주한 활자는 세계를 해독하는 하나의 기호인지도 모른다.

나의 추리는 언제나 어설프고,
정답에는 한껏 밀려나 있는 기분이지만,
활자들은 오늘도 누군가의 해독을 기다린다.

소리 내어 자신을 읽어줄 당신을.

살아가며 생기는 상처는
우리 몸에 덧칠하는 과정이기도 하다.

마음의 상처 역시 다르지 않다.
계속 칠하다 보면 붉은 심장이 노랗게 변해버리기도 하는 것이다.
아무도 눈치채지 못하고, 본래 색을 감춰버리고 마는 때에
우리는 어른이 되어간다.

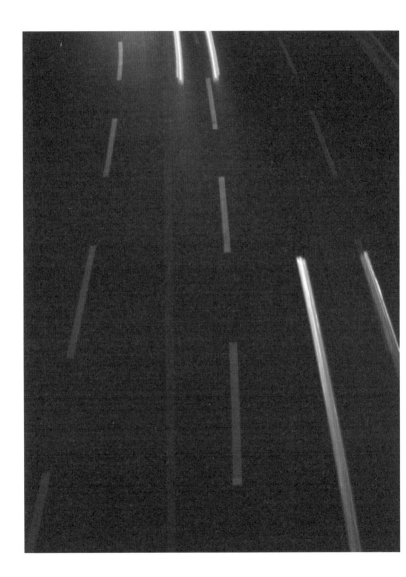

간혹 길을 걸으며 어떤 문장을 주문처럼 외기도 한다.
나에게 하는 말일 수도 있고, 어쩌면 세상을 향하는 말일 수도 있다.
오늘은 내내 이런 문장을 중얼거렸다.

속도를 가진 것들은 슬프다.

하늘은 마음을 나타내는 투명한 거울인지도 모르겠다.

어쩌면 이 하늘은 모두의 마음을 표현하느라 시시각각 변하는 건지도.

나를 설레게 하는 순간은 여행지에서 읽을 책을 고르는 때이다.

여행 전날 책장 앞에 서서 이 여행을 빛내줄 믿음직한 작가를 찾아내는 것.

누군가의 여행 전날 떠올릴 수 있는 작가가 된다면 얼마나 좋을까.

열심히 해보겠습니다.

내가 만든 인물을 푹 껴안지 못한 적 많았다.

내가 창조한 작품을 통해 깊은 이해와 사랑을 나눌 수 있는 사람이 되고
싶다.

내가 작가가 되고자 한 까닭은 당신을 이해하고 사랑하고 싶기 때문이다.

밤이 지나가지 않기를 바라요
내일도 그다음 날에도

얼마나 오랫동안 그 자리에 앉아

나는 음악을 사랑하고,

부은 얼굴로 달리고,

작가를 동경하고,

고장난 카메라로 사진을 찍고,

소주를 잘 마시는 사람을 부러워하는

그런 사람이었나 봅니다.

내리는 빗방울을 멈출 수 있는 건

태어난 적 없는 사랑이다

당신이 일어났을 때 옷깃에 묻은 잔주름이 좋았어요.
얼마나 오랫동안 그 자리에 앉아 나를 기다렸는지.

지우개는 흑을 지우는 도구가 아니라 백을 그리는 도구다.
채움이 있다면 비움도 있어야 하듯,
가득 그려둔 미움과 증오와 상념과 불신을
하얗게 그려나가는 일도 중요하다.

이런 이야기는 좀 그렇지만,

나의 학창 시절에는 수능 백일주라는 게 유행이었다.

독서실과 목욕탕을 함께 운영했던 사장님은

고등학교 3학년을 목욕탕에 초대했고,

우리는 물기 없는 탈의실에 앉아 따라주는 맥주를 한 모금씩 마셨다.

큰 거울이 있었고, 닫힌 사물함이 있었고, 또 뭐가 있었더라.

앞이 보이지 않아 막막한 고등학생들이 거기에 있었다.

우리는 서로의 얼굴을 바라보며 맥주를 마시며, 어른 흉내를 냈다.

돌아보니, 그날 왜 그렇게 실없이 웃어댔는지.

술을 흘리거나 되지도 않는 농담을 떠들어대기도 하면서.

소나기, 재즈, 맥주

젖어도 좋은 것들

변하는 것과 변하지 않는 것 사이에
나는 서 있다.

나는 무엇도 아니다.

마음에 밑줄을 그을 수 있다면
언제 그런 기쁨이 있었는지 더 쉽게 찾을 수 있을 것이다.
언제 그런 슬픔이 있었는지도.

졸림처럼 불쑥 찾아오는, 허기처럼 문득 온몸을 두드리는

외로움은 본능적인 감각인지도 모른다.

슬픔과 고통을 넘어서는 절망, 그것은 우울이라고 보들레르는 말했다.

외로움은 우울 직전에 혹은 직후에 찾아오는 무서운 질병인지도.

동네마다 규칙은 조금씩 달라도

가까스로 술래를 피한 아이의 추임새는 대부분 비슷하다.

'아씨, 죽을 뻔했네.'

그 시절에는 매일매일 구차하지 않은 일상이었다.

닳아 없어진다 해도

한 무용수의 즉흥 앞에서 얼어버렸다.

내가 선 자세와 눈길까지 따라 하는 게 아닌가.

그러다 내가 쉰 숨을 그가 마셔버릴 것 같아 입을 꾹 다물었다.

호흡마저 가로채려는 걸 보고만 있을 수가 없었다.

나는 의식적으로 조금 돌아섰고, 그 움직임이 춤이었는지도 모르겠다.

바늘이 LP를 긁어대는 줄로만 알았는데,

사실 더 빨리 닳아버리는 건 바늘이다.

상처가 되는 말도 아픔을 주는 말도 모두

내 마음을 닳게 하는 일이다.

때로는 그 날카로움으로 아름다운 소리를 만들어내기도 하는 것.

닳아 없어진다 해도.

146

깡깡이 마을에서 만난 그녀는 다정한 사람이었다.

다정함이 주는 그리움을 알고, 다정함이 가진 따스함을 알고,

다정함이 만드는 아름다움을 아는 사람이었다.

배 밑으로 들어가서 쇳녹을 깨고, 따개비를 떼어내던 그 손을 슬쩍 들어

잘 가요, 하고 말했을 때, 나는 쉽게 돌아서지 못했다.

사진 한 장만 담을게요. 내가 말했다.

그녀는 내가 잘 담을 수 있도록 자신을 멋지게 드러냈다.

며칠이 지나 인화된 사진이 나왔다.

근사한 다정함이 미소에 스며 있었다.

작업실에서 나오는데, 다시 들어가야 하나 고민될 정도로 바람이 불고 있었다. 그 바람에 도로시가 생각났다. 운이 좋으면 이상한 나라로 갈 수도 있을 테지만, 나는 이제 너무 크고 무거웠다.

그러는 차에 번갯불이 번뜩였고, 오래 품었다가 잊고 지냈던 소설 장면이 떠올랐다. 이상한 나라로 향하는 중이었다.

오래전 부산 사상구에서 김치를 배달한 적 있다.
그 당시만 해도 사상에 대해선 전혀 몰랐고,
친구를 따라와선 김치를 날랐을 뿐이다.

그 친구는 이제 세상에 없지만,
간혹 김치를 나르던 그때가 생각나
「사상의 유령들」이라는 단편소설을 썼다.
여태 내 컴퓨터에서 유령처럼 지내다,
한 문예지의 겨울호에 발표를 결심했다.

어느 저녁에는 막걸리가 생각나고, 김치는 아삭아삭하다.
그리움은 텁텁하게도 오래 남아 있고.

몽돌은 파도에 부딪히고 쓸리며 제 몸을 깎아 둥글어지는데,

내 마음에는 왜 자꾸 각이 생기는 걸까.

돌을 선물한 마음은 또 뭔가.

간파당한 느낌을 감출 수가 없고.

나는 하얀 커튼의 주름을 바라보고 있다.

바람이 불어오면 꼭 춤추는 것 같다.

출렁이기도 하고, 구겨지기도 하고,

제멋대로 한가로이 유연하게도.

'에어컨을 뗀 자국이네요.'

'아, 그래요? 그렇게 보였군요.'

'그걸 찍으려던 게 아니었어요?'

'어, 그걸 찍으려 했나 보아요. 에어컨을 뗀 자국을 살펴주는 눈길 같은 걸.'

추억하는 마음이 그때로 데려다주기도 해요.
추모하는 마음이 그대를 데려다주기도 해요.
잠깐이지만 나는 우리로 돌아가요.

당신은, 당신은 어떠한가요.

바깥으로 나갈 준비가 되어 있는가요.

어디에서든 당신이 조금 덜 외롭고 그러하기를 바랍니다.

2

꽤 괜찮을 것 같은 내일

고양이 로쟈 님의 발을 밟다

'책방 한탸' 앞을 어슬렁거리는 고양이를 나는 얼른 알아보았다. 내가 아는 건 한탸에서 부르는 이름이 로쟈라는 것과 그 길의 다른 가게에서는 다른 이름으로 불린다는 정도였다. 나는 한탸에서 '오늘의 은유'라는 글쓰기 강의를 진행할 예정이었기에 한탸 법을 따라서 로쟈라고 불러야 할지 잠깐 고민했다. 하지만 고양이는 어떻게 불리건 아무 상관 없다는 표정이었다. 사실 고양이 대부분이 그랬다. 나를 잠시 거쳐 간 율리 같은 아기 고양이도 이름 따위는 부르건 말건 하는 눈빛으로 발톱부터 앞세우곤 했다. 착각인지도 모르나 예전부터 나는 고양이에게 꽤 인기가 있는 스타일이었고, 로쟈도 나의 매력을 금세 알아본 듯 보였다.

내가 강의를 준비하는 동안 로쟈는 슬그머니 책방으로 들어와선 몸을 길게 늘어뜨리며 하품을 했다. 확실히 로쟈는 건조하면서도 따뜻한 책방 공기에 익숙한 듯 보였다. 나는 나른함에 전염되지 않기 위해 고개를 획 돌렸다. 거리 두기가 완화되어 처음으로 대면 수업을 하는 날이었고, 기분 좋은 긴장이 발끝에서부터 일고 있었다. 그래서였을까. 로쟈는 내 발 근처를 배회하더니, 새로 산 나이키 신발에 몸을 비벼대기 시작했다. 이 고양이님도 어찌 알까. 새 신은 밟아줘야 한다는 걸. 물론 로쟈는 내 신발을 밟지 않았고, 잠시 후면 나는 고양이의 발을 밟게 된다.

혹시 당신은 고양이의 발을 밟아본 적이 있는지. 만원 버스나 출퇴근 시간 지하철에서는 서로의 발을 밟고 밟히는 일이 비일비재할 텐데 그때마다 난처한 건 양쪽 모두이다. 발이 밟히는 순간의 아픔 혹은 짜증은 고스란히 밟은 이에게로 전달된다. 당연히 잘못한 걸 회피해선 안 되겠지만 뭐 일부러 그런 건 아니지 않은가. 그러니 밟은 이도 놀라는 표정으로 왜 하필 당신 발이 거기에 있었냐는 힐난은 감춘 채 어색한 사과를 건네기도 하는 것이다. 인구밀도가 높은 대도시라면 이런 일은 하루에도 수없이 일어난다. 그러나 고양이의 발을 밟는 일은 그리 흔치 않다. 아마도 그날 고양이의 발을 밟은 사람은 전 세계에서 나 하나뿐이지 않을까. 자랑하는 건 아니지만요.

나는 간만에 온몸을 써가며 강의에 열중했다. 비대면 온라인 강의는 상반신만 열심히 일할 뿐, 다리는 가만히 앉아 있거나 까딱까딱하는 정도다. 그러나 오프라인 강의는 다르다. 몸을 좌우로 비틀기도 했다가 이쪽저쪽 옮겨 다니면서 수강생의 시선을 집중시켜야만 한다. 나는 서경식 선생의 『시대의 증언자 쁘리모 레비를 찾아서』라는 진중하고 무거운 글을 읽어나가던 차였고, 로쟈라 불리는 고양이는 중저음인 내 목소리에 거의 반쯤 졸고 있었던 모양이었다. 결정적인 순간, 아마도 강조점을 찍으려던 어느 대목에서 무의식중에 발을 뻗었고, 내 옆에서 인문학적인 꿈을 꾸던 로쟈는 발을 밟히고 말았다. 말랑한 젤리를 밟은 기분이었다. 그 순간 나도 로쟈도 자석의 같은 극이 닿은 것처럼 화들짝 놀라 멀어진 뒤 서로를 노려보았다. 너 나에게 무슨 짓을 한 것이냐, 라고 내가 먼저 물었다. 방귀 뀐 놈이 성낸다는 말처럼 나는 내 발에 느껴진 생경한 느낌의 대상을 탓했다. 로쟈는 앙칼진 소리를 냈다. 그제야 나는 상황을 파악했고, 내가 작고 소중한 생명체의 발을 밟았다는 걸 깨달았다. 과연 이게 실제로 일어난 일인지 제 발을 바라보는 로쟈의 눈동자는 흔들리고 있었다. 고양이란 동물은 꽤 민첩하기로 소문나 있지 않은가. 극단적인 유연함으로 고양이 액체설이라는 루머까지 돌고 있는 마당에 몸이 뻣뻣한 작가 나부랭이에게 발을 밟히다니. 로쟈는 난처한 표정을 지었다. 나는 가방에 츄르를 하나씩 들고 다니는데, 바로 그걸 떠올리진 못했다. 로쟈는 이제 책방 밖으로 나가고 싶다는 듯 문을 두드렸고, 수강생 중 한 명이 정중히 진녹색 문을 천천히 열어주었다. 로쟈는 나를 슬쩍 째려본 이후 밀림의 호랑이가 갈대 사이로 사라지듯 유유히 떠났다.

그런데 이상하게도 그날 이후로 자꾸만 발이 밟히는 건 왜일까. 나는 집에서 한 번, 견과류를 사러 간 마트에서 한 번, 어느 강연장 안에서 한 번 발이 밟혔다. 근래에는 발이 밟혀본 적이 거의 없었는데 근 일주일 만에 세 번이나 밟힌 것이다. 이쯤에서 내가 이 글을 쓰는 이유를 밝혀야겠다. 나는 로쟈의 저주를 풀기 위해서 이렇게 글을 쓰게 되었다. 비록 내가 로쟈를 밟은 건 사고일지 모르나, 당사자에게는 분노가 치미는 사건일 수도 있기 때문이다. 단순한 실수로 생긴 사고가 아닌, 피의자의 의지나 의도가 개입된 사건이라면 당사자를 찾아가서 사죄하고 반성해야 관계를 예전으로 돌릴 가능성이 생겨난다. 그렇다면 나의 죄는 무엇인가. 살아가며 고양이의 발 같은 건 결코 밟을 리 없다는 거만함인가, 작고 소중한 생명이 나와 같은 공간 안에 있음을 소홀히 여긴 방심인가.

어쨌거나 로쟈는 밟혔고, 나는 밟았다. 그리고 이제는 로쟈가 내린 저주로 누군가 자꾸만 내 발을 밟고 있다. 뭐 이렇게 글로 쓴다 한들 그 저주가 사라질 리는 없겠지만, 로쟈, 사과는 제대로 하겠어요. 더 좋은 글과 마음으로 한탸의 공기를 달게 만들어드리죠. 이제 마음을 풀고 예전처럼 돌아갈 수 있을까요? 마음 편히 강의 들을 수 있게 해드릴게요. 듣고 있어요, 로쟈?

나른함으로 무장한 로쟈가 이 글을 낭독하는 나를 보며 싱긋 웃어주길 바라는 마음이다.

모두의 시장이었어

우리는 그 거리를 남항 시장이라 부르지 않았다. 어머니에게도 이모들에게도 시장은 오직 하나였으니, '남항'이라 붙일 필요가 없었다. 내가 아는 모두가 시장통 아이들이었다.

그 길에서는 후후 불어도 식지 않는 달콤한 호떡을, 펄펄 끓는 돼지국밥을, 기름기 가득한 튀김과 고소한 통닭을 팔았다. 그러고 보니 죄다 뜨거운 음식뿐이었다. 하지만 무엇보다도 뜨거운 건 시장을 일군 사람들이었으니, 내 친구의 할머니도 그중 한 명이었다.

할머니의 열아홉, 피란 행렬에 이끌려 도착한 곳은 영도구 남항동의 전차 종점이었다. 거리의 풍경은 봇짐을 인 아낙들과 칭얼거리는 아이들이 전부였다. 누가 먼저랄 것도 없이 길가에 나와 봇짐을 풀고 물건을 교환하기 시작했다. 이리저리 물건이 오가는 중에 몇 전이 남으면 배 속의 아이가 굶지 않을 수 있었다. 사람들은 물가의 해초류를 주워다 팔고, 산기슭의 나물을 캐다 팔고, 다리 너머에서 과일을 떼 와 팔고, 인심을 팔고, 눈물을 팔고, 욕지거리를 팔고, 속절없이 세월을 팔았다.

그러다 아득하게 들려오는 뱃고동 소리에는 속수무책으로 그리운 사람의 표정이 되어버렸지만, 앞집 순이네도 옆집 성심이네도 달걀을 파는 더벅머리 아저씨도 고기를 내놓고 파는 칠용네도 모두 같은 얼굴이라는 걸 서로 감추려 했다. 사람들은 점점 억척스러운 시장의 주인이 되어가고 있었다.

첫째가 배 속에서 발길질해대도 어디 편히 누울 데나 있었던가. 영도다리가 들리면 배들이 오가고, 다리가 내려오면 사람이 오가고, 좌판을 사이로 계절이 오가는 생존의 시대였다. 세상은 결코 그를 가만 놓아두지 않았다.

젖먹이 아들을 업고 생애 첫 장사를 해보자니 잘될 턱이 있을까. 지나가는 사람에게 말도 한번 붙이지 못하고, 펴둔 물건을 그대로 접고 오는 날이 다반사였다. 한여름의 뙤약볕에 연신 흘리는 땀은 그네들의 눈물이었고, 한겨울에 얼어버린 손과 발은 그네들의 통증이었다. 동상에 걸려 발은 붓다 못해 곪아갔지만, 하루 치 장사를 놓치면 마음이 곪았기에 마대 자루로 꽁꽁 묶고서라도 장터에 나갔다. 아이가 걸음마를 뗀 뒤로는 서로의 몸에 동아줄을 묶어다가 좌판 옆에서 놀게 했다. 누구라도 따라가버리면 어떡하나, 이 어린놈을 위해 내가 사는데. 시장은 끈과 끈이 가까스로 엮인 터전이었다. 하루하루를 버티게 한 건 그 질기고도 튼튼한 동아줄이라는 걸 누구도 모르지 않았다.

1981년 즈음 새로 깔린 도로에는 자동차가 다니기 시작했고, 좌판은 점점 안으로 밀려나 지금의 거리에 자리 잡았다. 남항의 선박 사업이 급속도로 성장하면서 자연스레 시장통 식당에 앉아 회포를 푸는 이들이 늘어났다. 고향은 지척이라도 가지 못하는 선원들은 솜씨 좋은 손맛 찾아 사방을 쏘다녔고, 시장은 전에 없던 활기로 몸집이 불어나고 있었다. 할머니는 그즈음부터 닭을 튀겨 팔기 시작했다.

"굽이도는 골목마다 냄새가 퍼져나갔고, 그 냄새가 이제껏 나를 먹여 살렸지. 돈도 벌고, 주름도 벌고, 상처도 벌고, 다 번 것 같은데, 하루하루는 이렇게 무심하게 가버리는구나. 길목마다 사람이 드나들던 시장인데, 검은 봉지를 든 사람들은 잘 먹겠다고 내게 인사를 건네고, 나는 잘 잡수라고 인사를 건넸지. 평생을 시장에서 살았으니, 아, 내가 그 시장이었겠구나, 내가 바로."

친구와 나는 할머니를 떠올리며 소주잔을 부딪쳤다. 뜨끈하게 튀겨 나온 통닭의 구수한 냄새에 침이 고였다. 시장은 아직 그곳에 있었다.

"기억이 가물가물하신데, 시장 이야기만 나오면 모든 걸 불태운 사람처럼 그래. 이 시장에서 며느리에, 손주에, 손주의 사위까지 보셨으니 오죽하실까……. 고맙대. 남항 시장한테는 고맙다고 전하고 싶대. 지긋지긋하지 않을까 생각했는데, 그게 아닌가 봐. 그때나 지금이나 그런 마음인가 봐."

친구가 말했다.

"모두의 시장이었고, 우리 모두의 젖줄이었는걸."

나는 친구에게 그렇게 말하지 못했다. 그 말은 과거형이라는 생각이 들어서였다. 할머니가 동아줄로 꽁꽁 묶어 키웠던 아이는 어른이 되었고, 어른은 아이를 낳았고, 그 아이는 어른이 되어 우리는 이제 술잔을 기울이며 시장에 관한 이야기를 나누고 있었다.

시장에는 과거가 스며 있지만, 현재가 북적이고 있고, 미래가 숨 쉬고 있다. 그 속에는 끈과 끈으로 연결된 인연이 있고, 사연이 있고, 이야기가 있다. 내 어머니가 손에 쥐고 온 몇 개의 검은 비닐봉지가, 냄새를 맡으려고 얼른 봉지를 낚아채어 활짝 열어보던 나의 어린 시절이 함께 녹아 있다. 만두나 떡볶이를 기대했지만 검은 봉지 안에는 붉은 생선 한 마리가 들어 있을 뿐이다. 결이 고운 생선 비늘이 반짝반짝 빛나고 있고, 나는 잠시 잊고 지냈던 그때의 풍경으로 되돌아가는 기분이 든다. 해 질 녘의 풍경 속에는 덜 자란 아이들이 삼삼오오 모여들고 있다. 우리는 귀를 막은 채로 뻥튀기 아저씨의 날렵한 손짓을 바라보며 소리를 기다리는 중이다. 뻥 하고 대포가 터지면 우리의 해맑은 미소와 함께 쌀알이 하늘 높이 튀어 오른다.

오래된 우리의 시절, 시장은 그곳에 있다.

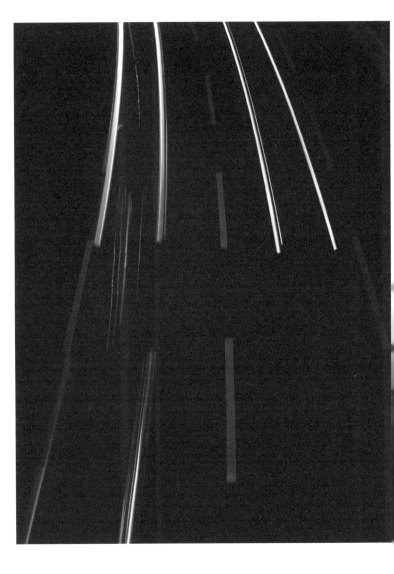

윤슬이 유난히 찬란한 이곳은 흰여울이다

흰, 이라는 단어에 끌렸다. 내게 흰은 종이이자, 천이며, 바탕이자, 꿈이었다. 흰 위에 웅크리고 앉을 세상 모든 것들에 대한 포용이었다. 하양을 주워 담으면 흰이 되려나, 펼쳐야 그러려나. 흰 하고 말할 때 팽창하는 입술과 두 볼이 당겨지는 긴장이 좋아서였을 테다. 아니, 단지 소리가 좋아서다. 배시시 웃을 때 나는 마법 같은 소리처럼, 흰.

서른 해 전부터 이송도라는 이름의 이 마을을 탐험했지만, 이제는 그 시절이 잘 기억나지 않는다. 초등학교와 중학교는 지척이고 고등학교는 버스를 타고 이송도 바닷길을 에둘러 가야 했다. 동네 친구들의 이름과 첫사랑의 얼굴, 담임선생님의 말투와 즐겨 찾던 분식집의 맛. 모든 것이 흐릿해졌다. 하지만 바다는 무심하게도 그 자리에 버티고 앉아 나는 끝끝내 부끄러워지고야 만다. 산은 꼭대기, 한 점으로 치솟아 있지만, 바다의 자리는 낮고 평평하고 정처 없다. 단지 흐르고 흐를 뿐이다.

"나를 인터뷰해서 뭣 할 거요."

미소를 띤 반야화 선생님의 얼굴에는 그늘이 없었다. 태양이 좀처럼 기울어질 기미를 내비치지 않던 8월의 정오였다. 그녀는 파라솔이 내어준 한 평짜리 그늘로 나를 밀어 넣었다.

"내가 할 말이 있겠습니까. 북 치고 장구 치고 하는 게 무슨 이야기가 된다고."

태양은 집요했다. 등줄기에서 슬그머니 땀이 솟아나기 시작했다. 나는 내가 잊고 살아왔던 과거의 풍경이 궁금했다. 나의 어린 시절보다 이전의 풍경들도.

"이송도 비경이야 말할 거이 있나. 흰여울 언덕은 원래 천막을 치고 돼지랑 닭을 키웠어. 벌써 여기서 지낸 지도 얼마인가 모르겠어요."

반야화 선생이 이 마을에서 풍물을 시작한 지도 20년이 되었고, 정우수 무형문화재를 사사하여 강사로 활동한 지도 7년이 되었다. 장구와 난타를 신명 나게 쳐대고 있다 보면 몸 안의 한이 떠내려가는 기분이 든다 했다. 저 바다는 늘 무언가를 뒤흔들거나 휩쓸어 가고 있었던 게 아닌가.

양산에서 덧배기 놀이를 보고 자라온 그녀가 처음으로 택한 직업은 간호사였다. 간장 공장을 운영했던 시댁의 영향으로 영도에 터를 잡게 되지만 삶은 순탄치 않게 흘러와버렸다. 마음 다스리는 법을 스스로 깨우치지 않았다면 저 바다는 언제고 그녀를 휩쓸어 갈지도 몰랐다. 그래서 선택한 것이 풍물이었다. 몸과 마음을 안팎으로 두드려대는 둔탁한 소리가 좋았다. 무엇보다 풍물의 매력은 나 혼자 즐기는 데에 있지 않다는 점이었다. 잘하는 게 중요한 것이 아니다. 서로 어우러져 조화를 이룰 때야말로 깊은 맛이 깃든 풍물의 정체를 확인할 수 있다.

"흰여울 마을은 앞으로 나아가야 할 과정이 많죠. 사람과 사람 사이에는 늘 갈등과 오해가 오가기 마련이지만 그러한 굴곡을 겪지 않는다면 단단해지기도 어렵고. 고마 주민들의 협동심으로 아름다운 마을을 일구어냈으면 좋겠어요. 어디 내놔도 손색이 없는 그런 멋진 마을 안 있습니까. 그리고 이런 바다는 세상 어디에도 없거든."

흰여울 마을 주민들이 나를 마을 신문《흰》의 초대 편집장으로 초청한 것은 수용이 아닌 포용에 가깝다는 생각이 든다. 돌아온 아들을 껴안아주는 마음이었을까. 쏟아지는 햇살은 바다에 튕기고 휘어져 눈에 가득

찬다. 이곳에서는 흐르는 것이 꼭 바다만은 아니다.

비탈길 위로 샛길이 나고 사람이 들고 마을이 되었다. 이송도라 불렸고, 흰여울이라 불린다. 봉래산 기슭에서 솟아 나온 물줄기가 포말을 이루며 쏟아지는 형상이라 한다. 지금은 샘물 대신 햇빛이 흐른다. 빛과 빛 사이로 주름진 세월이 가득 녹아 있다. 세상 풍파에 휩쓸리기 쉬운 지형이지만 눈앞의 드넓은 바다가 마을을 버티게 한다. 마을 사이사이 정처없이 흘러드는 바다 내음에 맥락 없이 눈앞이 흐려져도 괜찮다, 괜찮다, 괜찮다. 그곳에는 누군가의 유년이, 과거가, 시간이 숨어 있다. 엄마를 찾던 울음이, 책가방에 든 포부가, 쓴 소주에 담긴 한숨이 있다. 사람은 오가고, 마을은 변하고, 아이는 자라고, 바다는 여전히 버티고 있다.

바다 위로 내려앉은 윤슬이 유난히 찬란한 이곳은 흰여울이다.

새해에도 계속 음악을 들읍시다

스무 살이 지난 이후로 2년 넘게 한 장소에서 살았던 기억은 드뭅니다. 정말 2년 주기로 이사를 했어요. 가장 멀리 떠난 이사는 군대였죠. 짐도 없이 갔다가 2년 동안 그럭저럭 건강하게 지냈답니다. 이후로는 학교 앞 원룸, 오피스텔, 외국에서의 떠돌이 생활, 부모님 댁, 그리고 지금 거주하고 있는 아파트가 바로 나의 터전이 되었습니다. 이제는 엉덩이를 깔고 안정적으로 살 때도 됐는데 병이 도졌는지, 새 작업실을 구해서 짐을 옮기는 중이에요. 짐의 90%는 책이고, 종이이긴 하지만 절대 가볍지 않고, 가방에 몇 권씩 담아서 나르고 있는데, 옮겨도 옮겨도 끝이 보이지 않아 돌을 굴리는 시시포스가 된 기분이 듭니다. 한마디로 말하자면 사서 고생하는 중이고, 어떨 때는 그게 내 인생이지 싶습니다.

작업실 창문 가득 들어오는 햇빛을 온몸으로 받고 있자니, 쳇 베이커의 음악이 생각납니다. 턴테이블도 가져다 놓아야겠습니다. 돌이켜보면 어느 장소이건 그 시기의 음악이 있었어요. 유년기에는 메탈이 그러했고, 군대에서는 R&B, 학교 앞 원룸에서는 재즈, 오피스텔에서는 EDM을 들었습니다. 떠돌이 생활을 하는 동안은 팝송과 포크, 부모님 댁에서는 클래식, 지금은 뭐 가리지 않고 듣고는 있지만, 다시 이 시기를 돌아보면 재즈로 귀결될 것 같아요. 작업실에서는 무얼 듣지? 이런 고민은 정말 행복하네요.

책장에 꽂혀 있는 책을 자주 꺼내어 살피기란 쉽지 않습니다. 그래서 주로 발췌독을 하는 편인데, 동시에 여러 권을 읽다 보니 당최 끝나지 않는 책들이 부지기수네요. 하지만 소설만은 다릅니다. 한 소설가의 단편을 진득하게 차례대로 읽어나가는 일은 그 혹은 그녀를 진지하게 만나는 일이기도 합니다. 내가 어디에서 살아가건 그런 만남은 위로가 되었습니다. 음악이 꼭 그러합니다. 그날의 기분에 따라서 바로 내가 선택한 아티스트와 만나야 하는 게 내가 지향하는 음악감상입니다. 그래서인지 다소 편협한 리스너가 되어가는 기분도 들지만, 한편으로는 한 가수에 대한 존경이 깊어지기도 합니다. 소설도, 사진도, 음악도 모두 만나는 일의 일부입니다.

그렇게 생각하자니, 앞으로 만날 수 있는 아티스트가 한정적이라는 사실에 돌연 슬퍼집니다. 예술은 영원할지라도 우리는 늙어 사라지는 존재. 이 관계의 오차가 나를 다급하게 만들어요. 한 권이라도 더 많은 소설을 읽고 싶고, 한 장이라도 더 멋진 사진을 보고 싶고, 한 곡이라도 더 깊은 노래를 듣고 싶습니다. 그러나 삶은 조급함으로 채워지지 않죠. 그저 때가 되면 새로운 동네의 공기를 마시고, 적응했다 싶으면 다시 떠나는 게 전부인 것만 같아요. 천상병 시인이 소풍이라 했듯, 저는 삶을 이사라고 말하고 싶네요. 내 삶은 이사만 다니다 끝내게 될 것만 같은 기분입니다.

그리고 이사는 계속됩니다. 이제 나는 어떤 음악을 들으면 좋을까요. 작업실에서 뿜어져 나오는 가습기의 수증기 같은 음악, 창틀에 맺힌 햇살 같은 음악, 책장에 꽂힌 시집 같은 음악, 바닥에 뒹구는 먼지 같은 음악, 아이들이 공을 차며 노는 소리, 고양이의 앙칼진 울음소리, 전등에서 느껴지는 희미한 전파의 흐름, 가만히 있지 못하고 수시로 움직이는 내 발끝, 타자기를 두드리는 손가락, 마우스 커서를 누르는 검지, 깜박거리

는 눈꺼풀, 내쉬는 숨, 들이마시는 숨, 이내 찾아오는 졸음, 그 나른함에
서 오는 미세한 선율.

　나는 어디로 이사를 하게 될까요. 나는 어떤 소설을 읽게 될 것이고,
어떤 장면을 발견하게 되며, 또 어떤 음악을 듣게 될까요. 세상은 내가
모르는 것으로 가득 차 있어요. 그러나 아직은 그 일을 계속할 것이고,
해낼 자신도 있습니다. 그러니 새해에도 계속 음악을 들읍시다, 라고 떠
들어대는 것쯤은 이해를 바랍니다. 그건 제가 희망할 수 있는 작지만 소
중한 가능성이기 때문입니다. 무엇에 대한 가능성이냐고요? 흠, 무엇에
대한 가능성일까요. 소설도 음악도 그리고 이사도 모두.

당신이 아직 그곳에 있기를

할머니는 여린 숨을 내쉬며 가만히 누워 있었다. 창백한 얼굴은 더 이상 내가 기억하는 모습이 아니었다. 손과 발은 시퍼렇게 부어 있었고, 손목과 발목은 뼈만 남아 손에 닿는 게 두려웠다. 나는 재빨리 이불을 덮어 할머니의 살갗을 감추었다. 엄마는 침대 건너편에서 할머니의 얼굴과 흰 머리카락을 연신 쓰다듬고 있었다. 엄마는 엄마라고 여러 번 불렀다. 할머니는 텅 빈 눈동자만 내비친 채 그 소리를 흘려보냈다. 보다 못한 간호사가 할머니의 침대를 기울인 뒤 두어 번 어깨를 두드리며 병실이 울릴 정도로 크게 "엄마, 딸하고 손자가 왔네"라고 말했다. 나는 간호사가 할머니를 조금 거칠게 대하는 것 같아 예민하게 주시하고 있었는데, 그 순간 할머니가 멍울진 핏덩어리를 뱉듯 "오야"라고 소리쳤다. 그 말을 듣는 순간 엄마와 나는 서로를 힐끗 쳐다보았고, 끈질기게 참던 울음을 저 멀리 던져버린 채 맑은 웃음을 숨김없이 드러냈다. 엄마는 엄마라고 몇 번 더 불렀다. 나는 당장에 할머니가 그 말을 나에게 쏟아냈던 나날들을 떠올렸다. 엄마와 나는 한 번 더 "오야"를 기다렸다. 그것이 다가올 어떤 세계에 대한 강력한 저항이라는 것을 우리는 모르지 않았다. 나는 할머니를 부르고, 엄마는 엄마를 불렀다.

　병실을 떠나기 전 엄마는 할머니의 가슴에 손을 올려보기도 하고, 입가에 귀를 가져다 대며 어떤 소리를 찾아내려 했다. 나도 엄마처럼 할머니의 얼굴에 가까이 다가가 "또 올게요"라고 말했다. 그 순간 할머니의 입에서 나는 지독한 냄새가 나를 저어하게 했다. 그것이 마지막이었다. 할머니는 우리의 부름에 응답하지 않았고, 그러지 못했고, 나는 "또 올게요"라는 말을 지킬 수 없게 되었다. 우리는 영영 헤어졌다.

　할머니의 집은 서까래가 앙증맞게 뻗은 구옥으로 부엌에는 가마솥이 있고, 처마 아래에는 요강이 있고, 뒷마당에는 지게가 있었다. 그리고 마당 한편에 창고가 있었다.

　여덟 살인가, 아홉 살 때 동네 어른들이 모여 염소를 한 마리 잡아다 창고의 외벽에 거꾸로 매달아두었다. 호기심이 동해 무엇을 하려나 보고 있었는데, 염소의 머리에 두건을 씌우더니 해머로 내려치는 것이 아닌가. 나는 염소가 끅, 하며 죽어버리는 것을 보았다. 어른들은 김이 오르는 피를 받아 서로 나눠 마셨다. 참혹한 야만에 그만 화가 치밀었는데 나를 끌어안은 사람은 그 일을 지시한 할머니였다. 할머니는 키우던 염소를 잡아 자식들에게 약으로 보낼 작정이었다. 그때는 무엇 하나 제대로 이해할 수 없었다. 다만 창고에 대한 공포가 생겨 가까이 가기 두려웠다. 하지만 창고에 가지 않을 수가 없었다. 시골집의 유일한 화장실이 그곳에 있었기 때문이다. 그날 이후로도 나는 하루에 한두 번은 창고의 어둠 속에서 웅크릴 수밖에 없었다.

　창고의 절반은 염소 우리로 쓰였기에 나로서는 기묘한 체험을 하게 되었다. 재래식 변기는 앞뒤 구분이 없었고, 짐작건대 염소는 이방인을 달가워하지 않았으며, 나로서도 머쓱해 창고의 벽을 바라보며 볼일을 보게 되었다. 등 뒤에서 염소 몇 마리가 울어댔고, 내 앞은 온통 회색 벽이었다. 그 순간 오직 창고만이 내가 마주한 세계의 전부, 아니 세상과 만나는 유일한 공간이었다. 창고 안에서 나는 할머니를 애타게 불렀다. 몇 초의 틈도 두지 않고 할머니가 거기에 있다는 것을 확인했다. 할머니는 오야, 오야, 하면서 당신이 아직 그곳에 있다는 신호를 보냈다.

어른이 된 뒤 다시 창고를 마주하게 되었다. 염소 우리나 냄새나는 재래식 화장실은 없었다. 그곳은 어두컴컴한 세계가 아닌 좁고 낮은 평범한 창고일 뿐이었다. 나는 할머니의 흔적을 찾아보려 애썼다. 먼지가 쌓인 선반을 더듬고, 오래된 궤짝을 열어보고, 텅 빈 장독대를 들여다보기도 했다. 처마 아래 앉아서, 텃밭 앞에 서서, 돌담 너머를 바라보며 할머니를 생각했다. 어느 날에는 깊은 우물 속에서 간신히 건져 올린 어떤 소리를 구하게 될 수도 있다고 믿고 싶었다. 그러다 내가 부르지 않아도, 간절히 바라지 않아도 그 소리가 어딘가를 통과해 우연히 내게 도착한다면 얼마나 좋을까 싶었다. 바람이 나를 스쳐 갔고, 해는 저만치 기울어버렸다. 누구도 응답하지 않을 것만 같은 오후가 흐르고 있었다. 오냐, 오냐. 내 부름에 답하는 할머니의 목소리를 다시 듣고 싶었다.

감만창의문화촌 7호실에서

10시

감만창의문화촌 7호실의 문을 연다. 넓은 창에는 한가득 빛이 스미어 있다. 밤 동안 책장에서 잠든 책들은 아직 부스스한 얼굴이다. 창가에 앉은 산세비에리아, 연필 선인장, 장미 허브와 고무나무가 물끄러미 나를 올려다본다. 목이 탄 표정이다. 나는 포트에 물을 받은 뒤, LP 수납장 앞에서 오늘의 음악을 고른다. 베토벤은 언제나 황홀하게 아침을 깨운다. 어느 때는 척 맨지오나나 빌 에번스가 그를 대신한다. 오늘은 알 재로의 리드미컬한 스캣을 선택한다. 턴테이블 위로 작은 바늘이 올라간다. 자유자재로 휘어지는 마법 같은 그의 목소리가 몽롱한 기운을 밀어낼 것이다.

이제 디퓨저에 프랜지패니 에센스를 뿌리고, 분무기에 시원한 물을 담아 갈증 난 나무를 달래준다. 무얼 빠뜨렸지. 어제 읽다 만 책은 잠시 덮어두고, 길에서 떠오른 몇 권의 책과 몇 가지 상념을 조용히 꺼내어본다. 차를 고를 일만 남았다.

커피는 이미 마셔버렸고, 콤부차는 아껴 먹고 싶다. 오스트리아 빈에서 온 홍차 향은 오후와 잘 어우러지지만, 카페인이 늘 반가운 건 아니니 루이보스를 선택한다. 뜨거운 물을 부은 컵에 티백을 적시자 찻잎이 녹으며 연붉은색이 스민다. 나는 둥근 컵 속에 담긴 찻물을 들여다보고 있다. 하루가 점점 진하게 물들고 있다.

10시

오늘의 나는 무얼 읽었나. 무얼 생각하고, 무얼 그리워하고, 무얼 쓰거나 지웠나. 가까스로 잔존하던 한 줌의 빛과 잔디밭에서 뛰어놀던 아이들의 웃음소리가 어느새 사라져버렸다. 부산문화재단의 직원들과 감만창의문화촌의 이웃 예술가들, 연습실에서 발을 굴리던 댄스 팀과 신명나게 장구를 치던 풍물단도 모두 떠나고 이제 나만 남았다. 나는 잠시 의자에서 일어나 하루를 돌아본다. 나만의 시간으로 나만의 규칙으로 나만의 질서로 살아온 나날을.

작은 글을 쓰고 싶었다. 인간에 대한, 죽음에 대한, 죽음 앞에 선 작은 인간의 모습을. 아무도 없는 넓은 건물 속 나는 소설이라는 매개를 통해 내 안의 것들을 밖으로 내놓는 연습을 하는 중이다. 내 안의 것을 바깥과 만나게 하는 일, 나와 바깥 사이에 존재하는 하루, 그리고 하루를 들여다보는 일. 소설가는 때론 지독한 관찰자에 가깝다. 오늘의 나는 창문을 열고, 잠시 잊고 있었던 오늘의 바람을 기다린다. 이내 바람이 훅 불어와 종이컵을 넘어뜨린다. 펜촉을 녹여낸 잉크물이 흘러내려 벽에 비스듬히 세워둔 캔버스를 적신다. 인위적인 것은 없다. 그저 바람 부는 대로 살고 싶을 뿐. 나는 이미 쏟아진 물을 가만두기로 한다.

빛을 찾는 창과 숨을 내쉬는 나무들, 소리를 머금은 턴테이블과 코끝을 간지럽히는 에센스, 찻잎, 책 끝, 조명 아래 선 나. 모든 게 감만창의문화촌 7호실을 가득 채우고 있다. 나는 내일 아침에도 이 방문을 열고 들어와 작은 사물들과 인사하며 일상을 만들어나갈 것이다. 하루는 여전한 하루를 이끌어가고, 일상은 여전한 일상을 꿈꾸게 한다. 어제와 오늘의 미세한 격차, 이 간격 안에서 발견되는 작은 차이가 예술의 씨앗이 될 거라 믿는다. 여전해서 다행인 하루다. 적어도 오늘은 그만두기로 한 건 아니니까. 그저 오늘의 나를 가만두기로 한다. 머나먼 바다에서 시작된 조그마한 바람이 작은 내 방으로 밀려오고 있고, 잉크는 마르지 않을 것이다. 적어도 오늘만큼은.

가끔 당신이 그리워 웁니다

거나하게 취해 귀가가 늦은 겨울밤이었습니다. 집으로 돌아와 방문을 여는데 책장에 꽂혀 있는 책들이 꺼이꺼이 울고 있는 게 아니겠습니까. 화들짝 놀라 문을 닫고선 주량을 넘겨버렸다며 냉수 한 컵을 숨도 쉬지 않고 마셨습니다. 다시 문 앞으로 돌아와 잠시 망설였습니다. 방 안에는 아무도 없었고, 오직 책장에 꽂힌 책들만 있을 뿐이었습니다. 피로가 몰려왔고, 모른 척 돌아설까 싶기도 했지만, 그 울음이 하도 서글퍼 어떻게든 달래줄 요량으로 문을 열고 들어가 책장을 마주했습니다.

색색의 등을 가진 책들이 하나둘 제 목소리를 내며 억울하다고 항의하는 듯했습니다. 그 사정을 세세히 살피려 책 한 권을 꺼내어 들었습니다. 그제야 그 책은 목소리를 가다듬고는 울음을 뚝 그치는 게 아니겠습니까. 아직 우는 책들은 수백 권이 넘게 남아 있었습니다. 저는 책을 한 권 한 권 꺼내어 표지를 쓰다듬으며 달래주기로 결심했습니다.

그렇게 마지막 책까지 살피고 나자 해가 밝아오고 있었습니다. 어스름한 아침 빛이 창가에 스미어 책들의 제목이 선명했습니다. 신중하게 고르고, 아껴 읽으며, 시간을 보낸 나날이 있었는데요, 지금은 눈길과 손길을 주지 못한 채로 책장에 박아두기만 한 것 같아 미안한 마음이 들었습니다. 그렇다고 꺼이꺼이 울 것까지는 없지 않은가. 나도 이제 먹고살아야 하고, 산다는 건 간단치 않아 시간이 모자라는데 말입니다. 그렇게 변명하고 싶다가도 이 책들과 함께했던 10년 전, 20년 전 풍경이 아릿하게 펼쳐지기에 저는 잠시 의자에 앉아 책에 대해 더욱 깊이 생각해보기로 했습니다.

글공부를 오래 해오고는 있지만, 막상 책에 대해 고민해본 적은 별로 없습니다. 책이란 무엇일까요. 책이란 우선 무거운 것, 공간을 차지하는 것입니다. 한 권의 책은 그렇게 비싸지 않지만, 욕심을 내기 시작하면 부담이 되는 것이기도 합니다. 책 속에 답이 있다고들 하지만, 그 답이 무엇인지는 잘 알려주지 않는 것 같아 과연 여기에 답이 있을까 다시 한번 들여다보게 되는 것이기도 합니다. 어린 시절에는 그렇게나 읽어라, 읽어라 하던 부모님도 이제는 그만 좀 보았으면 하는 의중을 내비치기도 하는 것입니다. 그런데 제가 나중에 자식을 낳아도 그렇게 될 것만 같아 괜스레 쑥스러워지네요. 한편 눈이 나빠지는 요즘은 조금 멀리하게도 되는 것입니다. 언젠가는 눈과 귀가 더 나빠질 테니, 지금이라도 책과의 이별을 연습해야 하는 건 아닐까, 염려가 되기도 합니다.

책은 단순하면서도 완벽한 지식 보관창고이자, 아날로그적 정보 매체이며, 미학적 철학적 도구이거니와 문학적 아름다움입니다. 근원을 따져보면 종이는 나무에서 온 것이니 여백을 펼쳐보면 대평원의 풍경이 스민 것 같기도 합니다.

책은 등과 배와 표지와 표2와 표3과 표4 안에 웅크리고 있는 글자들의 집합체입니다. 제목과 목차 사이, 문장과 문장 사이, 글자와 글자 사이, 숨과 쉼 사이에 간혹 존재하는 여유 혹은 슬픔입니다. 그것은 혼자 취하고자 하는 것이 아닌, 나눔이 바탕이 되는 공동체적 너그러움인 것 같습니다.

고백하자면 저에게 책은 당신입니다. 당신의 이야기가 늘 책 한쪽에 있는 기분이었습니다. 어떤 책의 어느 페이지를 펼쳐도 당신이 곧잘 떠올랐습니다. 어디에선가 마주친 당신이, 작고 네모난 종이 뭉치 안에 있다니. 그래서 저는 한없이 설레기도 했고, 돌연 당신이 사라질까 봐 겁을 먹기도 했습니다. 롤랑 바르트는 이를 푼크툼이라는 용어로, 나를 찌르는 것이라는 말로 설명합니다. 마르셀 프루스트는 마들렌을 한 조각 입에 넣었을 때의 시간, 잃어버린 그 시간을 찾아가는 과정을 씁니다. 책은 잃어버린 무언가를 다시 만나게 하는 가능성입니다.

누군가 제게 물었어요. 오래전에 읽어 기억나지 않는 게 대부분인데 책을 또 읽어야 하냐는 질문이었습니다. 저도 그런 경험을 무수히 해본 터라 질문 자체에 공감했습니다. 한편으로는 책을 기억하지 못하는 건 당연하지 않은가 하는 반문이 들기도 했습니다. 저는 질문자에게 되물었어요. 10년 전 오늘 드신 점심이 기억나시는지요? 무엇을 어떻게 얼마나 맛있게 먹은 건지 기억할 수 있을까요? 이미 소화가 된 그 음식(된장찌개라고 합시다)은 이미 다른 에너지로 바뀌어 우리 삶의 양분이 되었을 터인데, 이미 그 쓰임을 다했을 텐데, 그것을 기억해야 하는 걸까요?

책은 기억력에 대한 의심을 판단하는 물성이 아닙니다. 책은 그저 된장찌개입니다. 오늘의 책은 오늘의 양분이 되고, 내일의 책은 내일의 양분이 됩니다. 제목만 살피게 된 책이나 표지만 얼핏 본 책이라 해도 그것은 어떤 방식으로건 필요한 에너지로 바뀌게 됩니다. 밑줄을 그어가며 세심하게 본 책이나 여러 번 들춰본 책이라면 그 또한 적절한 에너지로 바뀌어 쓰입니다. 우리가 손에 쥐고 소중한 시간을 들인 그 책은 삶을 나아가게 하는 데 쓰이고 있는 것입니다. 혹은 나아가는 방향을 적절하게 조정하는 데 쓰여버린 건지도 모르겠습니다. 우리의 삶을 단 1센티미터라도 변화시켰다면, 그러면 되는 것이지요. 어머니의 된장찌개가 제 삶을 더없이 따뜻하게 데워놓은 것처럼 말입니다.

그렇습니다.

책이여.

저는 오래전, 동네 서점의 책장에서 만난 당신이 그립습니다. 헌책방 구석에서 만난 당신이 그리워지네요. 또한, 아직 만나지 않은 당신이 기다려집니다.

책이여.

구수하고, 달콤하며, 돌연 나를 깨우쳐주고, 또한 잊게 만드는 책이여. 우리의 기원이자 미래이자 사랑인 책이여.

당신이 그리하듯 말입니다. 저도 가끔 당신이 그리워 웁니다.

저는 오래된 당신이 늘 그리웠습니다.

시네마테크를 돌아보는 슬픔

그에게 최초의 극장은 그가 만든 영화를 상영한 부산 시네마테크다. 그는 여름영화학교에 참가해서 시나리오를 쓰고, 직접 연출하기에 이르렀는데, 한편으론 망상에 사로잡혀 있었다. 한국의 장뤼크 고다르가 되고 싶다면서도 영화가 무엇인지 한 번도 물어본 적 없었던 것이다. 어쩌면 영화를 통해서 스타가 되거나, 억만장자가 되는 꿈을 꾼 건지도 모른다. 그게 아니라면 영화 만드는 일을 대수롭지 않게 여긴 건지도. 그는 겁도 없이 자신의 영화를 상영하기로 결심했다.

그는 무턱대고 직접 주연을 맡아 영화에 출연했다. 더불어 극본, 연출, 촬영을 주도하며 영화를 더 우습게 만들었다. 결과는 비참했다. 상영회에 참석한 관객은 곤혹스러운 표정을 여과 없이 드러냈다. 그는 객석 구석에 앉아 영화가 관객을 내려다보기도 한다는 걸 처음 알게 되었다. 관객과의 대화에서도 어떤 말을 돌려줘야 할지 몰라 떨리는 손으로 마이크를 꽉 붙잡기만 했다. 그 순간 영화란 객석과 객석 사이의 틈, 그 어둠에 남겨진 시간과 상념을 모두 아우르는 총체라는 걸 어렴풋이 깨달았다. 그게 다였다. 그는 극장 밖 바닷가에서 오래 울었다. 누구도 그의 어깨를 토닥이지 않았다. 제아무리 최초의 극장이라 해도 어쩔 도리 없는 일이었다.

그는 한동안 영화와 헤어지려 했다. 극장을 거부하고, 영화적 언어를 무시하고, 영화의 세계에 욕을 퍼붓고 다녔다. 그럴수록 영화는 일상 곳곳에서 그를 찾아내어 환한 빛을 선사했다. 그는 어디로도 도망갈 수 없었다. 부산 바닷가의 작은 극장에 앉아 그가 연기한 자신의 영화를 바라보던 그때처럼. 그는 최초의 영화에서 한발도 벗어날 수 없다는 걸 인정할 수밖에 없었다. 최초란 그런 것이다. 한발도 벗어날 수 없는 원형적 체험. 모든 영화가 극장 안에서 상영되듯 영화는 오직 거기에, 그 안에 여전히 존재했다.

오르페우스가 이미 죽어버린 에우리디케를 지하의 세계에서 구해내기 위해서는 하데스와의 약속을 지켜냈어야 했다. 그러나 그는 지상의 세계에 두 발을 뻗기 직전, 뒤돌아 자신이 사랑했던 에우리디케의 얼굴을 보고 만다.

오르페우스는 왜 뒤를 돌아본 것인가. 이 물음에 대한 각가지 대답은 모두 맞거나 틀리다. 세월은 신화에 대한 정답을 유보할 뿐이고, 그건 신화의 운명이다. 내게도 답을 할 기회가 주어진다면 나는 이런 말을 하고 싶다. 오르페우스는 인간이 결국 뒤돌아보는 존재라는 걸 알기에, 하데스와의 약속을 지킬 수가 없다는 걸 처음부터 알고 있었다. 그럼에도 그녀를 바로 뒤에, 숨결이 닿는 거리에 두고 같은 방향으로 걸어가고 싶었던 것이리라. 나는 이해할 수 있다. 비록 돌아보는 순간 그녀가 신기루처럼 사라진다고 해도, 잠시라도 곁에 두고 싶은 마음을.

내가 최초를 이야기하는 이 순간마저도 뒤돌아봄 없이는 불가능한 일이다. 돌아볼 수밖에 없기에 나는 오래전 극장에 앉아 있던 그를 돌아본다. 돌아보는 비극을 가진 인간은 그래서 늘 최초를 기억한다. 최초의 영화를, 최초의 극장을, 최초의 시간을, 최초를 돌아보는 이의 작은 슬픔을.

주변의 무언가가 자꾸 사라져간다. 서점도 극장도 오래된 단골 술집도. 오갈 데 없는 나는 집으로 발길을 돌린다. 어느 시대에나 마음을 쏟던 장소가 있었는데, 결국 그곳은 나를 떠나버렸다. 남은 곳들도 언젠가는 나를 떠나갈 것이다. 그러므로 나는 돌아볼 수밖에 없는 존재, 당신이 영영 내 곁에 돌아오지 않는다는 걸 알고 있으면서도.

어느 밤이 노래가 된다면

고층 아파트의 일상은 안정적이고 평온하지만, 때론 적막으로 둘러싸여 나는 조금 차가워진 기분일 때가 있다. 저녁노을이 발끝에 닿는 날은 잘 없고, 아침이면 창을 여는 대신 휴대전화 속 미세먼지의 수치를 살피게 된다. 풀벌레 울음소리, 낙엽 떨어지는 소리, 개울 흐르는 소리를 기대하는 건 아니지만 개 짖는 소리가 들려오지 않는 건 이제 생경하지도 않다. 커튼을 걷고 창밖을 내다봐도 사람은 잘 보이지 않는다. 맞은편 아파트의 창 안에는 나와 비슷한 일상을 일궈나가는 이 도시의 사람들이 살고 있다. 해가 지면 나도 그들도 커튼을 치고 네모난 거실 벽에 달린 TV를 들여다본다. 수천 개의 전구로 이뤄진 TV는 세상 무엇보다 밝게 빛난다. 어디에도 달빛은, 별빛은 없다. 별이 진다는 표현은 다만 문자나 상상에 지나지 않는 풍경이다. 그래서 나는 '여행스케치'를 꺼내 든다. 잠시 동안 그들의 음악이 나를 어딘가로 데려가길 바라는 마음이다.

여행스케치에 몸을 맡기자니 가깝고도 먼 기억이 나를 움켜쥔다. 나는 어머니의 고향인 여수시 낭도섬 귀포라는 아담한 마을에서 울퉁불퉁한 길을 달려가는 손수레 안에 앉아 있다. 얼마나 빠르게 달려가는지 엉덩이는 쉴 새 없이 들썩이고 그 바람에 내 입은 함지박만 하다. 더 빨리 달리자는 의미인지 나는 소리를 내지른다. 수레를 끌고 있는 이는 누구지. 몸이 늘씬하고 피부가 검게 그을린 소년이 수레의 손잡이를 가슴팍에 움켜쥐고 앞으로 내달리고 있다. 덩그러니 뜬 달과 쏟아질 듯 빛나는 별들이 우리의 길을 밝혀주고 있다. 검은 머리카락은 바람에 휘날리고 땀줄기에 반사된 달빛이 목덜미를 타고 흐른다. 나는 형의 이름을 부른다. 또 부른다. 형은 돌아보지 않은 채로 앞으로 달려나갈 뿐이다.

어느 밤이 노래가 된다면 내게 그것은 〈별이 진다네〉 같은 곡일 것이다. 갈색 통기타를 품에 안고 〈별이 진다네〉를 부르는 형은 마치 다른 사람 같아 보였다. 개구쟁이 같은 형의 얼굴 뒤로 묘한 그늘이 져 있었다. 물론 이것은 과거를 떠올리는 나의 기억인지도 모른다. 언제나 기억은 굴절되어 불분명하게 나타난다. 시골 여행의 그 밤들이 강렬한 이미지가 되어 지금 내게 말을 건넨다. 어쩐지 나는 여행스케치의 음악만 들려오면 돌연한 상태에 빠져 기억 속을 헤매고야 만다. 누군가에게 여행은 기억의 스케치이다. 1989년 나온 프로젝트 그룹인 여행스케치의 노래가 세상에 남아 위로가 되는 까닭은 누군가 지금도 이 노래를 듣고 있기 때문일 것이다. 노래는 남고 사람은 죽는다. 그 자명한 사실 앞에서 나는 어떤 위로의 말을 스스로에게도 던지지 못한 채 그저 나약한 밤을 보내고 있다.

이따금 과거가 침범하여 정신이 무너져도 〈별이 진다네〉의 통기타 선율은 여전히 아름답게 들린다. '나의 가슴속에 젖어오는 그대 그리움만이 이 밤도 저 비 되어 나를 또 울리고.' 비는 오지 않았던 시골 여행의 짧은 대화는 이렇게 노래가 되어 남아 있다.

사촌 주호 형에게.
"성은아."
"응, 형."
"영도다리가 너무 보고 싶구나."
형과 나눴던 마지막 대화를 나는 기억합니다. 우리가 '섬'에서 나눴던 그 모든 일을 어떻게 잊을 수 있겠어요. 미끼를 끼우지 않았는데도 통통한 노래미 한 마리가 낚싯바늘에 걸려 올라왔었죠. 형은 나보다 더 기뻐하며 웃어줬어요. 스티로폼과 대나무로 뗏목을 만들어서 먼 바다로 나가기도 하고, 대나무를 휘어 활을 만들어 숲속을 헤매기도 했죠. 그러지 않으려 하는데, 여행스케치의 〈별이 진다네〉를 들으면 아직도 눈물이 나는 게, 형이 기타를 치며 노래하던 모습이 눈에 생생하네요. 군대에 있었기에 형과의 작별 인사를 하지 못했으니, 이별은 아니라 믿어요. 사라지는 것은 없어지는 게 아니니까요. 형에게 가까이 가기 위해 나만의 다리를 만들었고, 많은 분들이 격려해주시네요. 아직은 어두운 바다 위에 있지만 끝까지 걸어가겠습니다. 보고 싶습니다.

나는 10여 년 전 한 문학상 수상 소감을 이렇게 썼다. 그 마음은 지금도 변함이 없다. 그리움의 끝은 어디까지일까. 어느 밤이 노래가 된다면 나는 좀처럼 잠들지 못할 것이다.

책도 음악을 듣는다고

내가 즐겨 찾는 몇몇 서점에서는 작가나 전문가를 초청하여 북토크를 연다거나 글쓰기 모임을 하는 등 다채로운 행사로 독자들을 모으고 있다. 규모가 작은 독립 서점들이 SNS를 활용해서 취향을 공유하고, 책과 문화를 향유하는 일은 축소된 출판계에 활력이 되고 있다. 나는 이런 흐름 속에서 때로는 작가로, 때로는 관객으로 참여할 때가 있다. 마치 나 같은 사람들을 위한 이벤트를 열어준다는 듯 눈이 가고, 몸이 기울 때가 많았다. 무엇보다 책을 구입하는 전통적인 서점의 역할에서 벗어나 대화를 나누는 소통 공간, 커피나 맥주를 마실 수 있는 휴식 공간, 영화를 보거나 공연이 열리는 문화 공간으로 탈바꿈하고 있다는 점이 눈여겨볼 만하다. 서점이 바뀌어간다는 건 책이라는 매개가, 나아가서는 작가라는 존재가 변화하고 있다는 걸 보여주기 때문이다.

　나는 이 같은 흐름을 오래전부터 기대해왔다. 과거 신비주의나 권위주의에 점철된 작가라는 유령을 보다 친숙한 대중의 영역으로 끌어내리는 일은 이 시대가 직면한 출판의 위기, 서점의 위기, 나아가 문학의 위기에 대한 대책이 될 수도 있다고 믿기 때문이다. 아니다, 실은 줏대 없는 작가인 나를 위한 변명이기도 하다. 나는 노래도 하고, 사진도 찍고, 방송도 하며, 심지어 그런 것들을 글로 쓰고 책으로 내고 있기 때문이다. 그렇다고 해서 문학을 폄하하거나, 숭고한 작가주의 정신을 비방할 생각은 전혀 없다. 어쨌거나 문학이 살아남는 일이 내게는 꽤 중요하고, 이는 서점이 어떻게 변화하고 있는지와 밀접하게 닿아 있는 문제라고 생각한다. 어쩌면 문학뿐만이 아닐 것이다. 모든 예술은 변화하고 있고, 변화해야

만 한다. 그것은 예술이라는 세계의 중요한 딜레마이기도 하다.

    내가 좋아하는 스테레오북스는 온천천에 위치한 독립 서점으로 음악 서적을 중점으로 취급하는 근래 보기 드문 서점이다. 영화 음악에 관한 책을 출판한 경험(졸저 『사랑 앞에 두 번 깨어나는』)이 있는 나는 서점 지기의 배려에 큰 호사를 누리기도 했다. 그곳에서 콘서트도 열고 북토 크도 하는 등 다채로운 행사에 참여했기 때문이다. 그래서인지 늘 애틋 하다. 서점이 잘되어야지 나 같은 글쟁이도 '작가'라고 불릴 기회가 생긴 다. 그래서였을 것이다. '턴테이블로 듣는 음악, LP의 즐거움'이라는 행 사를 발견했을 때 나는 정신을 못 차릴 정도로 기쁘고 행복했다. 이미 내 눈앞에서 턴테이블이 뱅뱅 돌아가고 있고, 마법 같은 사운드가 펼쳐지는 기분이었다. 그렇게 나는 기꺼운 마음으로 스테레오북스로 향했다.

    행사를 꾸려나갈 강사는 '안나푸르나'라는 출판사를 운영하는 대표님 이라고 했다. 내가 아는 출판사 대표님들도 꽤나 다채로운 이력을 가지 고 있었기 때문에 기대감이 고취되었다. 무엇보다도 그가 꾸려 온 장비 를 보는 순간, 심상치 않은 기운이 느껴졌다. 스피커, 스탠드, 앰프, 케이 블, 턴테이블, 그리고 수십 장의 LP를 직접 챙겨 왔기 때문이었다. 아니 대체 무슨 까닭으로 고가의 장비를 차에 싣고, (거리 두기로 축소된) 열 명의 관객을 만나러 그 긴 여행길에 오른다는 말인가. 나는 그의 태도를 존중하지 않을 수가 없었다. 무엇보다 그 자리에서 가장 신이 난 사람은 바로 그 자신으로 보였다. 그는 자신의 소개나 배경 등은 생략한 채 곧장 LP를 턴테이블에 올렸다. 스테레오북스는 이내 음악 감상실로 바뀌었다. 나는 두 눈을 감고, 음악에 집중했다. 카트리지 바늘이 긁어내는 바이닐 의 미약한 전류만이 나와 세상 사이에 흐르고 있었다. 나는 처음으로 음악을 들어본 아이처럼 내게 오는 모든 소리를 받아들였다. 점점 음악이 되어가고 있었다.

　나무가 음악을 듣는다면, 책은 어떠한가. 당신이 음악을 듣는다면, 책은 어떠한가. 세상이 음악을 듣는다면, 책은 어떠한가. 나무도, 당신도, 세상도, 당연히 책도 음악을 듣는다. 어느 한적한 서점에 꽂힌 책은 드뷔시를 즐겨 들을 수도 있고, 도심 속 카페에 아무렇게나 꽂혀 있는 책은 유행하는 가요를 따라 부를 정도인지도 모른다. 도서관에 빽빽하게 꽂힌 책은 침묵의 선율을, 아니, 창밖에서 합창하는 새소리를 음악으로 여기고, 내 작업실의 책들은 그날 기분 따라 바뀌는 소설가의 선곡표에 난감한 노릇이라고 수군거리고 있을 게 뻔하다. 에이 설마, 라고 콧방귀를 뀔 수도 있겠지만, 만약 믿지 못하겠다면 음악을 크게 틀어놓고 서가로 다가가 한 권의 책에 손을 뻗어보시길. 내 말이 사실인지 아닌지는 그 행위만으로도 증명된다.

　책도 음악을 듣는다. 음악을 듣지 않는 책은 애초에 한 장도 제대로 넘어가지 않을 정도로 빳빳한 질감일 것이다. 만약 당신이 어제 산 새 책을 막 넘기는 참에 첫 장에 베여 피를 봤다면, 그 책이 아직 리듬을 덜 먹었기 때문이다. 그러므로 책과 함께 스피커 앞에 앉아 음악을 감상하시라. 이건 당신의 책과 당신의 피부를 위한 일이기도 하다.

　처음에 나는 스테레오북스에서 열린 '턴테이블로 듣는 음악, LP의 즐거움'이 나를 위한 행사라고 여겼다. 그래서 열 명이라는 선착순에 들기 위해 서둘러야 했고, 행사 당일에도 제일 앞 두 자리 중 한 자리를 차지했을 정도다. 그런데 그로부터 몇 주가 지나서야 나는 그 행사가 바로 스테레오북스의 책들을 위한 것이었음을 깨닫게 되었다. 나는 그 책들을 위한 공연의 부속일 뿐이라고, 그렇게 생각해버리자 차오르는 기쁨을 주체할 수가 없었다. 책에 리듬을 부여하기 위해서 고가의 장비를 챙겨 온 안나푸르나 대표님이나, 독자를 만날 책들에 리듬을 실어 나르기 위해 행사를 주관한 서점 대표님이나, 하나같이 사랑스럽다고 말할 수밖에.

우린 김 대표님의 안내에 따라서 재즈에서 출발해 시티팝에 이르기까지 생생한 LP의 전류를 만끽했다. 여기에서 우리란 당연히 책과 나다. 우리는 어느 순간 눈을 감고 음악에 집중했고, 어느 지점에서는 가사를 음미했으며, 절정에서는 고개를 앞뒤로 까딱이기도 했다. 그러다 슬며시 뜬 눈을 마주쳤을 때 조금은 부끄러워 얼굴을 붉혔다. 나는 내가 책을 좋아한다는 걸 다시 깨달았다. 음악 덕분이었다. 책도 그렇다는 걸 알았다. 나만 좋아하는 게 아니었다. 나만 좋아해 내가 이렇게 살아가고 있는 건 분명 아닌 것이다.

거, 바보 같은 소리 하지 말라고 말하는 분들이 계실 테다. 책이 무슨 음악을 듣느냐고. 만에 하나 음악을 듣는다고 해도 그게 도대체 나와 무슨 상관이냐고. 나도 그 점이 궁금하다. 도대체 나와 당신이 무슨 상관이 없겠느냐고. 이 작은 원고를 읽어주고, 바보 같은 소리라 말해주는 당신이 그리울 뿐이고, 그건 음악을 듣는 일과 같다는 걸 나는 소리 내어보고 싶은 것이다. 음악의 이치가 소리의 전달이라면, 발신자와 수신자의 우연보다 아름다운 게 어디 있을까. 내가 만나는 세계의 운율이, 심상이, 문장과 세계가 어떤 소리로 바뀔 수 있다면 그건 활자가 음악을 머금었기 때문으로, 그 가능성에 나는 두 손을 공손히 모으고 싶은 것이다. 내가 과연 책보다 음악적인가. 내가 과연 책보다 리드미컬한 인간인가.

나는 책이 음악을, 적어도 나보다는 훨씬 많이 듣길 바란다. 어디 책
뿐이겠는가. 세상 모든 사물과 사람이 음악을 한참 머금고 있기를 바란
다. 그러다 음악이 필요한 이가 나타나면 손끝을 통해서라도 세상의 소
리를 들려주기를. 그렇게 멜로디가 이쪽저쪽으로 옮겨가다 보면 세상은
온통 음악이지 않을까. 세상은 온통 아름답지 않을까. 책이라면 기꺼이
그리해줄 것이다.

당신의 알림

어느 한적한 밤의 텔레비전 세계. 부활의 김태원 씨가 한 예능 프로그램에 나와서 이런 말을 했다.

"뮤지션이니까, 요새는 뮤지션이 존재한다는 것만으로도 박수 쳐줘야 해."

그저 웃자고 한 말은 아니었고, 당연히 우습게 들리지만은 않았다. 그러나 예능의 본질은 웃음을 주는 데 있다. 그러므로 갖은 리액션이 그 말을 재빠르게 휘발시켜버렸다. 하지만 방송이 끝나고 나서도 내게 기억되는 건 바로 김태원 씨의 그 말이었다.

뮤지션이라고 하기에 다소 민망한 나는 간혹 이런 전화를 받을 때가 있다.

"신인 뮤지션 오성은 씨, XX기관에서 조사를 하고 있는데요, 올 한 해 활동에 대한 피드백을 받을 수 있을까요."

중요한 전화를 기다리고 있었기에 오래 통화할 수는 없었지만 짧은 시간이라도 응답하고 싶었다. 조사는 대략 이런 내용이었다. 올해 얼마나 많은 공연을 했는가. 전혀요. 얼마나 많은 수입을 벌었는가. 전혀요. 얼마나 많은 음원을 제작했는가. 전혀요. 뭔가 불성실한 조사자가 된 듯하여 다른 답을 말하고 싶었지만 전혀라는 표현에서 벗어날 수가 없었다. Not at all. 그야말로 나의 현재를 나타내는 문장이었다.

한 달에 한 번 음원 유통사에서 수익을 열람할 수 있는 링크를 보내준다. 나는 음원을 발매하고 초반 6개월가량은 링크를 타고 들어가서 나의 노래가 몇 회나 재생되었고, 몇 번이나 다운로드 되었는지 확인했다. 누군가 내 노래를 듣고 있다는 사실 자체가 놀라웠고, 저작권료가 입금되는 일이 신비로웠다. 그러나 대략 4개월이 넘어가는 시점부터는 급격히 조회 수가 줄어들었다. 저작권료는 말할 것도 없다. 시장 논리에 의한 당연한 결과다. 하루에도 수천 개의 새로운 음원이 쏟아지고, 수백 명의 신인 뮤지션이 탄생한다. 그런데 그들 중 과연 음악만으로 생계를 꾸리는 이들이 얼마나 존재할까. 그래서였을 것이다. 채널을 돌리다가 마주한 예능 프로그램에서의 대화가 문득 서글퍼졌던 까닭은.

뮤지션이 생존하기 힘든 시대다. 언제는 그렇지 않았냐고 되물을 수도 있겠지만, 불행하게도 나는 음악이 음악으로만 들리던 시대를 지나쳐버린 것만 같다. 그럼 언제가 좋은 시대였냐고 되물을 수도 있겠지만, (또다시 불행하게도) 나는 그걸 알 도리가 없다. 그저 어느 날, 밤기운의 나른함을 날카롭게 베어내고 있는 한 전설적인 기타리스트의 현실적인 농담을 긍정하는 수밖에 없는 것이다.

XX기관의 조사원은 내 대답들이 시원찮아 보였던지, 좀 단호하게 되물었다. 내가 왜 활동을 못 했으며, 왜 수입이 없었는지 파헤치고자 결심한 것이다. 그 사정이 바이러스로 인한 사회적 거리 두기 때문인지도 함께 물어보았다. 나는 조사원의 권유하는 듯한 말투 때문에 순간적으로는 코로나19 때문이라고 생각을 했지만 그렇게 대답하지 않았다. 나는 뮤지션이 활동할 수 있는 무대가 많이 없는 것 같다고 말했다. 길 위에서 노래하던 나를 돌아보면, 가당찮은 대답이었다. 조사원이 뮤지션의 활동명을 물을 즈음 기다리던 중요한 전화가 걸려왔고, 나는 나의 이름을 알려준 뒤 조사를 이만 마쳐도 되겠는지 여쭈었다.

　그러던 어느 밤, 김태원 씨의 농담 같은 그 말이 뮤지션의 생존 방식과 음원 수익과 공연의 현 실태를 상기시켰다. 아울러 다소 무성의하게 조사에 임했던 나를 되돌아보게 만들었다. 조사원은 종일 나와 비슷한 부류에게서 비슷한 대답과 비슷한 한숨 소리를 들었을 것만 같았다. 일순간 나는 조사원에게 미안해졌다. 아니, 사실은 그 전화를 받는 동안에도 나는 제법 이상한 마음이 들었다. 조사원이 빠르게 자신의 업무를 진행해나가면서도 중간중간 추임새를 넣어주었기 때문이었다. 수입은? 전혀요. (에구머니나) 공연은? 전혀요. (아유, 참 그렇죠?) 제작은? 전혀요. (침묵.)

　간혹 시간이 날 때면 소식이 뜸한 몇몇 뮤지션을 검색해보고는 한다. 그들의 새 앨범이 나오면 문자나 메일로 소식을 전해주는 기능도 있어서 '알림신청'도 해놓는다. 언제 그 알림이 내게 도착할지는 알 수 없다. 뮤지션 역시 자신이 언제 앨범을 내게 되고 다시 활동할 수 있을지 몹시 궁금한 상태일 수도 있다. 희망의 상태로, 절망의 상태로. 그러나 김태원 씨의 말에 따르자면 뮤지션은 존재하는 것만으로도 박수를 받아야 한다. 누군가는 오늘도 당신의 알림을 기다리고 있을 테니.

당신이 조금 덜 외롭고 그러하기를

어물쩍 가을로 들어서던 시월의 어느 날이었다. 사람들 옷은 두꺼워졌고, 나도 마찬가지였다. 도심 속에서는 가을을 맞이할 새 없었다. 그러나 낙동강가로 나서자 모든 것이 짙어져 있었다. 나뭇잎과 구름과 곤충의 울음과 그늘이. 모든 것이 기울어져 있었다. 갈대와 해와 옷깃과 그림자가. 한 주 전만 해도 가을 기운을 쉽사리 알아차릴 수 없었다. 옷감도 스타일도 걸음도 기분도 여름 언저리에 걸쳐 있었다. 그렇다고 해서 시월이라는 단어에서 주는 차분하면서도 아득한 분위기가 아예 없었던 건 아니었다. 풀의 색과 벌레의 움직임과 바람의 냄새 속에는 어떤 변화를 감지하는 속삭임이 있었다. 예리한 도시 생활자에게만 관측되는 사이의 계절, 혹은 발견의 계절인 셈이다. 그건 사적이면서도 소소한 계절의 발견이자 한 세계의 발견이기도 하다.

　동료 예술가들의 전시나 공연을 볼 기회가 많이 없었다. 게으른 탓도 있고, 장르에 대한 무지와 무관심이 가벽을 쳤던 탓이기도 하다. 한때 나는 이 가벽(fake wall)이라는 단어에 매혹된 적 있었다. 벽이면 벽이지, 가짜 벽이란 무엇이란 말인가. 그 뜻과 어울리게도 국어사전에도 등재되지 않은 이 가벽이라는 단어에서는 얼마든지 허물어질 수 있을 것 같은 연약함이 감지된다. 그러므로 타인을 경계하며 세워둔 가벽은 장비 없이도 단박에 허물어뜨릴 수 있을 딱 그 정도라는 것이다. 그러나 그것이 가짜 벽이라는 사실을 알게 되기까지는 꽤 오랜 시간이 걸릴지도 모른다. 책상에 보이지 않는 금을 그어두고 넘어오지 마라며 으름장을 놓는 아이의 진지함처럼 그것은 분명 존재하는 것이다. 그런데 바로 이 가벽을 이

용한 공연이라는 이야기가 나를 끌어당겼다. 마음이 닫힌 이가 넘기 힘든 바로 그것이 다름 아닌 자신의 방 문턱이듯 나는 단 한 발을 내밀었을 뿐이었고, 세계는 오래전부터 나를 기다려온 듯했다. 한 세계가 열리는 소리가 들렸다. 나는 내가 아닌 다른 누군가의 '사적 시공간'을, 아니 비로소 나의 사적 시공간을 발견하고 싶었다.

삼락생태공원 삼락오토캠핑장의 잔디광장에 설치된 가벽은 네 면이 온통 백(白)인 임시 구조물이다. 구조물은 정육면체를 닮아 보이지만 아래는 잔디고, 위는 하늘이기에 온전한 여섯 개의 면이 아니다. 그러므로 화이트 큐브의 시간이 허락되지 않는다. 오히려 큐브의 바깥이니 안과는 다른 물질로 이루어져 있다. 안으로는 결코 들어갈 수 없을 것이다. 이는 도저한 세계에 대한 도전, 혹은 바깥으로의 밀려남인 듯하여 호기로우면서도 동시에 애처롭다. 안과 밖의 분리는 천이다. 얼마든지 찢어발길 수 있고, 구부러뜨릴 수 있고, 납작하게 접어버리거나, 불태워버릴 수도 있는 천일 뿐이다. 그러나 이보다 견고한 천이 또 어디에 있을까. 당신이 호기심에 손가락으로 꾹 눌러버린다면 순백의 천이 덥석 물고 안으로 데려갈 만큼 깊숙한 천이다.

바닥은 땅으로 닫혀 있다. 천장은 어둠으로 슬래브를 쳤으나, 실은 열린 공간, 혹은 차마 닫지 못한 공간으로 보인다. 흰 천을 지탱하는 네 개의 기둥은 구조물의 심지로 보이지만 비가 내리면 언제든 허물어질 테다. 그러므로 이 공간은 태생적으로 불안하다. 보호받는다는 느낌이 전혀 없기 때문이다. 땅은 카펫으로 하늘을 천으로 닫아 만든 유목민의 게르(Ger)는 현대의 텐트로 발전한다. 같은 천으로 이뤄졌음에도 캠핑장이라는 특수한 공간에서 땅과 하늘을 막지 않은 건 이 구조물이 유일하다.

바람에 펄럭이는 텐트에서 노을을 보기 위해 고개를 빼든 사람들이 몇몇 있다. 그러나 이 가벽에는 누구도 드나들지 않는다. 오로지 바람만이 제집이다 싶어 들어갔다가 다시 새로운 바람에 밀려나는 행색이다. 그러므로 이것은 텐트라 부를 수 없겠다. 게르라고 할 수도 없다. 노마드적인 가능성을 가졌음에도 잠깐의 정착도 온전하지가 않다. 모름지기 노마드란 일시적으로라도 정주해야만 한다. 그래야지 밤사이 짐승 무리를 피할 수 있기 때문이다.

불안한 가벽이여. 그런데 구조물이 자꾸 눈길을 이끈다. 좀체 무엇을 할지도 짐작하지 못하겠는데 말이다. 사위는 어두워져 이제 흰 천에 검은빛이 스민다. 기실 검은빛이란 없다. 빛이 빠져야지만 체감되는 마이너스의 색이 바로 흑일 터인데, 천에는 자꾸 검은빛이 비치고 있는 듯하다. 슬며시 내려앉는 밤의 치맛자락인가, 서늘하게 밀려오는 강의 입김인가. 이내 완전히 어두워질 듯도 하지만, 검은빛은 도도하게 품위를 유지한다. 비록 가벽이라 해도 네 면은 완전히 이어져 영원처럼 서로를 끌어안는다. 달은 구름 뒤에서 이울어져가고 있다.

바로 그때, 텐트 하나에서 아이들이 쏟아져 나온다. 분명 조막만 한 텐트인데, 마법의 텐트라도 되는 양 끊임없이 바깥으로 나오는 중이다. 열심히도 나온다. 뭔가 재미난 일이 벌어질 것만 같다. 아이들은 손에 무언가를 쥐고 있다. 몸을 움직이자 현란한 빛이 쏟아진다. 아이들이 텐트에서 서둘러 나오고 싶었던 것처럼, 빛도 그들에게서 벗어나기 위해 애쓰는 중이다. 황홀한 빛은 줄넘기가 되었다가, 부메랑이 되었다가, 요술봉이 되었다가, 씽씽이가 되기도 한다. 한 공간 안에 섞여들 수 있는 빛이 아니다. 자석의 극처럼 서로 밀어내고 있다. 그 가운데에 내가 있다. 왼쪽으로는 검은빛이, 오른편에는 형광의 빛이 서로를 밀어내고 있다. 이

빛의 뻗어나감으로 두 눈이 아뜩해진다. 나는 지금 어디에 있는 걸까. 방향을 잃어버린다. 어쩌면, 어쩌면. 이쪽에서, 아니 저쪽에서의 나는 유령이다. 길을 잃은 나는 두 세계 사이에 있다. 누구도 찾아볼 수 없게, 완전히 사적인 시공간 속으로.

　연주가 먼저 시작된 것인가. 영상이 이미 가벽에 물들고 있었던 것인가. 무용수의 발걸음이, 또 한 명의 무용수의 호흡이 공연을 이끌고 있었던 것인가. 동시에 시작되는 건 없었다. 어떤 관객은 머나먼 하늘 저 너머에서 으스러지고만 태양의 무늬를 가까스로 찾을 수 있었는지도 모르겠다. 나는 나를 향해 달려드는 선명한 기운을 느낄 수 있었고, 그게 바로 시작이었다. 큐 사인이나 입맞춤이나 신호나 설명은 없었다. 이건 나와 세계의 첫 만남, 곧 태어남의 순간과 일치하는 바로 그 순간이었다.
　콘트라베이스의 낮은 울림이 땅거미처럼 서서히 지상의 끝으로 밀려날 때, 천으로 된 가벽 기둥으로 그림자가 생성된다. 거친 듯하지만 기호학적으로 직조된 그것은 어쩌면 천이 간직하고 있던 씨실과 날실이다. 직물의 평평함은 각으로 휘어져 다시 평평함으로 다시 각으로, 다시 평평함으로 각으로, 평평함으로 되돌아온다. 그러나 빛을 내뿜는 빔프로젝터의 마법은 공간적 한계를 가지기에 결코 너머를 엿보지 않는다. 이를 채우듯 두 무용수가 잔디 위로 스며든다. 스며든다고 해야 하는 속도다. 노을이 물 위에 스미듯, 그늘이 풀 위에 스미듯, 서서히 그들은 적셔든다. 두 사람이지만 그, 라는 단수라 해도 좋을 정도로 닮아 있다. 그림자와 그림자처럼 원본에서 떨어져 나온 이 쌍둥이들은 콘트라베이스의 두 현처럼 평행이나 각기 다른 음을 지녔다. 그들은 결코 하나가 되길 원하지 않는다. 해체가 사랑이라는 걸, 세상의 방향이라는 걸 속도로 알아차릴 수 있다. 가벽의 불안함이 사람이 되어 움직인다. 손끝이 몽롱하고, 발끝은 멜랑꼴리하다. 이 우울질의 물질은 흑에서 나온다. 땅에서 나온다. 땅에서 하늘이 되지 못하고 머문다. 이들은 유령이다. 콘트라베이스의 음파가 내어둔 유령일 수도 있고, 직물이 혼을 껴안은 유령인지도 모른다. 다만 이들은 서둘러 움직이지 않고, 섣불리 사라질 마음도 없다. 그들은 여전히 스며들며, 이 공간을 흡수한다. 하얀 네 면은 어쩌면 블랙홀처럼 세상을 빨아들이고 있다. 하나둘 텐트 바깥으로 고개를 내미는 사람들이 보인다. 무엇을 하나. 무엇을 저리도 하고 있나. 질문은 질문으로 이어지고, 세상은 모호하게도 짙어져간다.

여태 음악은 밤이 내어주는 소리라는 걸 알면서도 모르는 척 무심하게도 소리를 꺼뜨리지 않았다. 콘트라베이스는 사람의 몸이자 또 하나의 분신이다. 말하는 유령. 주어진 목소리로 세계를 설명해낸다. 그것은 음정보다는 감정을 가졌다. 지하의 하데스에게 아내의 새 생명을 요청하고자 하는 오르페우스의 연주처럼 스산하지만 간절한 구석이 있다.

어느새 땅 밑은 겨울의 것이 되어 있고, 차가운 기운이 무릎 위로 차오르고 있다. 나는 옷깃을 여미며 이 계절이 벌써 다 지나간 건 아닌지 묻고 있다. 차가움은 각성제처럼 시선을 매섭게 만든다. 나는 그들이 이제 분리된 존재로 보이지 않는다. 영상과 음악과 몸짓과 또 다른 몸의 선은 바로 이 시공간에 있는 것이고, 거기에는 나도 있다. 텐트 안에서 머리를 빼꼼히 내민 관객이 보는 건 무엇인가. 광활한 광장에서 무언가를 하는 사람을, 그걸 보는 사람을 보고 있다. 이는 세상을 넘어선 세상, 비로소 가장 사적인 시공간이 된다. 불완전한 구조물은 음악과 무용의 즉흥에 의해 견고해진다. 그럼에도 불구하고, 세계는 세계로 갈마들고 있음에도 불구하고, 나는 영영 그곳에 닿지 못할 것을 알고 있다. 내가 가야 할 곳은 등 뒤의 세계, 텐트도 풀숲도, 강가도 아닌 오직 내 방임을 나는 알고 있다. 그곳은 우주이자 동시에 하얀 네 개의 면으로 이루어진 불완전한 세계, 작고 여리지만 가장 사적인 나의 방이었던 것이다.

나는 지구에 의해 자전과 공전의 에너지를 쓰고 있다. 지구는 자신의 굴레를 벗어나지 못할 테지만, 나는 내 방 안에서 세계를 여행할 수 있다. 저 너머는 우주의 바깥. 끝 간데 없는 끝, 도달하지 못할 마음의 바깥. 그곳에 사람이 있고, 나는 그 세계가 그리웠다는 걸 감각한다. 그리고 그 감각이 그리웠다는 걸 체감한다. 여기에 '사적 시공간의 발견'이라는 한 세계가 있다. 나와 닮았고, 닮은 구석이 하나도 없는 듯 다르다. 그렇게 세상은 다시 이리로, 이리로 온다. 내게로, 다시 내게로. 바닥과 위가 열린 하얀 상자를 통과하여.

당신은, 당신은 어떠한가요. 바깥으로 나갈 준비가 되어 있는가요. 우주의 바깥, 거기에 무엇이 있다 해도 당신이 조금 덜 외롭고 그러하기를 바랍니다.

속도를 가진 것들은 슬프다

epilogue

셔터를 누른 순간 당신은 잠시 사라집니다. 제가 당신을 카메라의 작은 암실 속에 가두었기 때문입니다. 어디로도 갈 수 없는 당신은 벌써 갑갑해 보입니다. 그러나 저는 당신을 다시 그 자리로 보내줄 마음이 없습니다. 적어도 지금으로선 그렇습니다.

사람들은 당신이 사라졌다고 생각하지 못할 겁니다. 당신은 여전히 당신의 시간 속에서 살아가고 있는지도 모릅니다. 어쩌면 제가 가둬둔 건 당신이 버려둔 당신의 슬픔인지도 모르겠습니다. 저는 당신의 슬픔마저 빼앗거나 훔치고자 하는 게 아니라, 잠시 함께 슬퍼하고 싶을 뿐입니다.

언젠가 당신이 제 곁을 떠나는 날, 그런 날이 온다면, 저 산 너머로 지는 해를 바라보고 있었으면 합니다. 그곳에는 당신이, 제가 사랑한 당신과 제가 미워한 당신이, 이제는 당신이라 부를 수 없을 당신과 나를 소리 내어 부를 때 지었던 당신의 미소. 그런 것이 함께였으면 합니다.

당신이 떠나고 나면 나는 영영 슬플 일도 없겠습니다.

속도를 가진 것들은 슬프다

초판 1쇄 인쇄 2021년 12월 16일
초판 1쇄 발행 2021년 12월 24일

지은이 · 오성은

펴낸이 · 최현선
편집 · 김하늘
디자인 · 霖design 김희림
제작 · 제이오

펴낸곳 · 오도스 | 출판등록 · 2019년 7월 5일 (제2019-000015호)
주소 · 경기도 시흥시 배곧4로 32-28, 206호 (그랜드프라자)
전화 · 070-7818-4108 | 팩스 · 031-624-3108
이메일 · odospub@daum.net

Copyright © 2021, 오성은
저작권자와의 협의에 따라 인지는 생략했습니다.
이 책은 지은이와 오도스의 독점 계약에 의해 출간되었으므로 무단 전재와 무단 복제를 금합니다.
 • 책값은 뒤표지에 있습니다.
 • 파본은 구입하신 서점에서 교환해드립니다.

ISBN 979-11-91552-06-5 (03810)

odos 마음을 살리는 책의 길, 오도스

부산광역시 BUSAN METROPOLITAN CITY   부산문화재단 BUSAN CULTURAL FOUNDATION

이 책은 2021년 부산광역시, 부산문화재단 〈부산문화예술지원사업〉으로 지원을 받았습니다.